そして君に最後の願いを。

菊川あすか

STARTS
スターツ出版株式会社

暗闇に包まれていた世界に、君が明かりをくれた。
君が生み出す言葉は、いつだって光り輝いていたんだ。

それなのに、君はどうして泣いているの？
どうして、立ち止まっているの？

思い出してほしい。
君がくれた、沢山の優しい言葉を。
勇気を出して、もう一度顔を上げてほしい。
君の優しい光は、きっと誰かを救う力になるから……。

目次

そして君に最後の願いを。

プロローグ

ハンカチで額に滲《にじ》む汗を軽く拭《ふ》き取った後、時間を確認すると、もうすぐ十五時になろうとしている。バッグからペットボトルの水を取り出して喉を潤し、ふーっと一息ついてから再び歩き始めた。

九月といってもまだ暑さは続いていて、日中の気温は八月とそう変わらない。駅前の町役場から歩くとなるとやっぱり遠いけれど、タクシーを使うことは考えなかった。歩いた方が気持ちがいいから。

顔を上げると、どこまでも見渡せる一本道。足の裏に伝わってくるのはじゃりじゃりとした小さな石ころの感触。道の両側にある田んぼには、そろそろ収穫出来そうな稲穂が日差しに照らされ綺麗《きれい》な輝きを放ち、遠くには何年経っても記憶からなくなることのない美しい山々も広がっている。

そう言えば、森美町《もりみまち》という名前の由来はなんだったっけ？　美しい森に囲まれているからだったたか、元々なにもない所に長い年月をかけて森を作ってきたからだったか、美しい神様が森に住んでいたからだというのも聞いたことがある。どれが本当なのか、あとでもう一度役場に行って聞いてみよう。

そんなことを考えながらしばらく歩いて目的地に到着すると、一通りやるべきことを終えた私は、彼の前にしゃがみ込む。そして真っ直《す》ぐ視線を向け、微笑《ほほえ》んだ。

「あのね、すっごく大変だったんだよ。でも、とても楽しかったかな」

毎日毎日悩んで頭を抱えて、考え過ぎてダメだと思った時はついついスナック菓子に手を伸ばしてしまったり。かと思えば、昔の写真を見た瞬間次々と言葉が浮かんできて、時間を忘れて寝不足になるほど夢中になったりもした。とても大変だったけれど、泣いたり笑ったりしながら一人で色んなことを思い返すことが出来た時間は、幸せだった。

私がこうやって夢に向かって突っ走れたのは、あなたのお陰だよ。

「今から読むから、ちゃんと聞いてね」

最後の夜

山の麓《ふもと》にある集落から山沿いに続く道を歩いていると、一月に降った雪は完全にその姿を消し、芽吹き始めた木々が春の始まりを告《つ》げている。何十年何百年という歳月を経て立派に育った山の木々、田んぼや畑から聞こえる虫の声。どこまで歩いても代わり映えの無い風景が続いていて、道端に咲く花の色が季節ごとに変わるだけの、本当になんの変哲もない田舎道。

けれど私達は、この景色が好きだった。子供の頃から変わらない森と、綺麗な空。

「どこ行くんだー？」

「しげ爺《じい》ちゃん！　森美神社だよ！」

「気をつけてなー」

畑仕事をしている近所のしげ爺ちゃんに手を振ると、こちらに向かって大きく手を振り返してくれた。

道端で誰かに会えば、みんな必ず声をかけてくれる。こんなやり取りも昔から数え切れないほどしてきた。けれど、なんとなくしげ爺ちゃんの姿が少し小さく見えてしまうのは、私達が成長したからなんだろう。

人や山や道、目に映る世界全てが大きく見えていたはずなのに、今はその全てが昔よりも小さく、あるいは狭く感じるようになった。この町はいつまで経っても変わらないけれど、幼かった子供達は段々と成長し、そしてこの町を出る時がやってくる。

その瞬間のことを思うと言いようのない寂しさばかりが心を支配してしまうから、出来るだけ考えないようにしてきた。都会に憧れが無いわけではないし、田舎暮らしに不満が無いわけでもない。実際何度か東京へ遊びに行ったこともあるけれど、帰って来た時に思うことはいつも同じだった。

『遊びに行くなら都会だけど、暮らすならやっぱりここがいいや』

もちろん私達とは真逆の考えを持っている子もいて、実際全寮制の高校を選んでこの町を離れて行った友達や、卒業して都会に出ることを心待ちにしている友達も沢山いる。でもどうしてなのか、私達は一度もこの町を離れたいとは思わなかった。

それは多分、分かっていたから。口には出さなくても、成長するにつれて気が付いていた。毎日会って遊んでくだらないお喋《しゃべ》りをしたり、時には喧嘩《けんか》したりして……そんな日々が、永遠には続かないことを。

みんなそれぞれやりたいことや目標が出来て、町を離れざるを得なくなることもあるだろう。だからその瞬間まで、私達はこの町で大切な友達と一緒に過ごそうと密《ひそ》かに誓い合っていた。二度と戻れない青春時代を、大切な仲間と……。

けれどその瞬間は、間近に迫っていた。明後日《あさって》の卒業式を終えた後、大好きな森美町を離れ、私達は別々の道を行く。

最後の思い出作りをしようと言い出したのは、そうちゃんだった。

卒業の前になにか思い出に残ることをしたいとみんな思っていたけれど、まさかそうちゃんが一番に提案してくるなんて。あの頃のそうちゃんに見せてやりたいと思った。

小学校四年生の時に東京から引っ越してきたそうちゃんこと塚原颯太《つかはらそうた》の最初の印象は、結構衝撃的だった。

先生が黒板に名前を書いて『一言挨拶して下さい』、そう言ったのに、そうちゃんは俯《うつむ》いたままで、いくら待ってもなにも喋らなかった。そのうちにみんなが不思議がって『どうしたの？』とか『緊張してるんだよ』とか言って騒ぎ出し、困った先生がみんなを静めようと一歩前に出た時、そうちゃんは床を見つめたまま教室の外まで響くような大声で言ったんだ。

『こんなど田舎、住みたくない！』

教室は一瞬にして静かになったけれど、先生も含めて全員がぽかんと口を開けて驚いているその様子がなんだか可笑《おか》しくて、私は一人、笑ってしまった。

するとようやく顔を上げたそうちゃんは、眉間にしわを寄せて私を睨《にら》んだ。

『なに笑ってんだよ！　本当のことだろ！　コンビニも遠いしゲーセンもなんもないこんなど田舎、住めるわけねーし！』

『うん、そうかもね。でもさ、遊ぶ所は沢山あるんだよ。今日の帰り、コッソリ教えてあげるよ』

これが、私とそうちゃんの初めての会話だった。今考えればみんなの前で言ったのだからコッソリもなにもないのだけれど、転校生に、そうちゃんに、森美町を好きになってもらいたかった。せっかくこの町に引っ越してきたのに、〝住みたくない〟なんて思ってほしくなかったから。

その頃からそうちゃんは少し尖《とが》っていて、多分今も時々尖ってて。でも転校して来てからの九年間で、一つだけ大きく変わったことがある。それは……この森美町を、好きになってくれたことだ。生まれた時からこの町で育っている私達と同じくらい、ううん、もしかしたらそれ以上に、そうちゃんは森美町を大切に思っている。

「二人ともちゃんと準備してるかな？」

隣を歩いている遥《はるか》の視線の先を追うと、赤い鳥居が見えてきた。あの鳥居の先の階段を上ったところに神社がある。

「大丈夫だと思うよ。真人《まさと》も張り切ってたし」

「真人さ、確かこの日のためにテント買ったって言ってたよね？」

「うん。テントは俺が準備するから任せろって言ってたね」

「真人、頭はいいけどテントとか張れるタイプじゃなくない？」

「意外に不器用だしね。でもその辺はそうちゃんの行動力でカバー出来るんじゃないかな」

「あぁ、颯太の野生の勘ね」

二人とも今頃、くしゃみでもしているかもしれない。

階段の下まで辿《たど》り着き顔を上げると、千二百段先にある神社はトンネルのように頭上にまで広がっている木が邪魔をして、ここからは見ることが出来ない。石段の隅には雑草が茂っていて、周りを覆う大きな木々からは風が吹く度、葉の騒《ざわ》めきが聞こえてくる。子供の頃はそれがなにかの唸《うな》り声のように聞こえて怖かったけれど、今は昼間なら一人でも余裕で上れてしまう。そういうところ一つ取っても、少しは大人になったのかなと実感出来た。

私と遥は一度軽く深呼吸をしてから鳥居をくぐり、数えきれないほど上ってきたこの階段を、ゆっくりと上り始めた。

私、川瀬《かわせ》あかりには、二人の幼馴染《おさなな じ》みがいる。山の麓の集落の一角に、三軒連なる私達の家。その中で一番大きな二階建ての一軒家が、今一緒に階段を上っている私の大親友、橘《たちばな》遥の家だ。五年前に二世帯住宅に建て直し、元々大きかった家が更に倍近く大きくなった。建て替えの時に瓦屋根が無くなった代わりにソーラーパネルが設置され、白い壁は五年経ってもまだ綺麗なまま。裏の畑では玉ねぎやじゃがいもなどの野菜を育てていて、畑の他にも近くに田んぼも持っている。

一階は遥のお祖母《ばあ》ちゃんとお祖父《じい》ちゃんが住んでいて、和室が二つと近所の人や親戚などが大勢集まってても余裕で入れてしまうほど広いリビングがある。遥と両親は二階に住んでいて、間取りは三ＬＤＫだ。遥の家はとにかく大きくて、とても目立っている。

遥といつ仲良くなったのかと言われたら、正直覚えていない。というのも、物心ついた頃から常に一緒にいたからだ。

天然パーマの遥は、クルクルと巻いたような髪の毛がとても可愛《かわい》くて、パッチリした目に長い睫毛《まつげ》、小さい頃の写真を見るとまさにお姫様そのものだった。成長するに従って天パは段々と緩《ゆる》くなってきて長さも胸の辺りまで伸びたけれど、その可愛さは今でも変わっていない。

それに加えて今は身長が百六十七センチあり、手足も長くて細い。小学校までは私の方が背は高かったはずなのに、中学でグンと背が伸びた遥に、百五十九センチという平均的な身長の私はいつの間にか追い越されてしまった。

私はと言えば、身長だけじゃなく容姿も平均的、普通そのものだ。肩下十センチくらいまで伸びたストレートの黒髪に、どこにでもいそうな特徴のない顔立ち。小さい頃の写真を見ると一発で私だと分かるくらいあまり変わっていなくて、つまりいつまでも子供っぽいというわけ。

そんな私とは違って見た目はお嬢様風で綺麗な遥だけれど、性格は上品でおしとやかとは言えず、むしろ真逆かもしれない。と言うと聞こえが悪いけれど、あくまでいい意味での真逆だ。間違っていると思ったら相手が誰であろうとハッキリと自分の意見を言い、負けず嫌いで気が強く、子供の頃は木登りが誰よりも上手くて活発で、そしてなにより友達思いで優しい。男子が女子をからかったりしたら、一番に前に出て庇《かば》ってくれる。遥はそんな子だ。高校生になって少し大人びたところもあるけれど、根本はなにも変わっていないと私は思っている。

そんな遥の将来の夢は、モデルになることらしい。正直、今テレビや雑誌に出ているどんなモデルさんと比べても、遥が一番綺麗だ。

そんなことを思っていると、階段の半分くらいまで来ていた。さすがに息が乱れてきている。子供の頃は走って上っていたのに、体力が落ちたな。

三月に入ったけれど、まだまだ冬の寒さを引きずっていて風はひんやりと冷たい。

「あかり、大丈夫？」

「うん、平気」

少し前を歩く遥は昔から運動が得意で、私よりもずっと体力がある。体は細いのに、どこにそんな筋肉が付いているんだろう。

「ほら、あと少しだから頑張って。その荷物、持とうか？」

私の両手には小さくたたんだブランケットが四つとお菓子が入った袋がそれぞれぶら下がっていて、お菓子が入った袋を遥が指差した。

「大丈夫、ありがとね」

一段上る毎に重くなっていく足を、なんとか懸命に動かして上る。頂上に近くなってくると額には汗が滲み、体はすっかり温まっていた。ジャージの袖を捲《めく》った私は、残り数十段の階段を一歩一歩踏み締める。

姿は見えないけれど、どこかから鳥のさえずりが微《かす》かに聞こえてきた。顔を上げると木々の隙間から見えるのは、透き通るような空の青。降り注ぐ木漏《こも》れ日に、目を細める。森美町を離れるまでに、私はあと何回この階段を上れるのだろう。

「あかりー！」

一足先に上り切った遥が、私に向かって手を振っている。その笑顔を目指して、最後の力を振り絞った。

はぁはぁと息を切らして最後の一段を上がると、待っていた真人が私の手からスッと荷物を取った。

「真人、ありがとう」

「お疲れさん。つい最近まで余裕で上れてたのに、あかりも年取ったな」

「まだ十八だけどね」

私のもう一人の幼馴染み、白石《しらいし》真人。私の家の右隣にある遥の家の、さらにその隣に真人の家がある。茶色い屋根の二階建て一軒家で、橘家ほどではないけれど真人の家も結構大きい。というか田舎だからか土地も安くて広いし、二世代、三世代で住んでいる人が多いからか、真人の家に限らずこの辺はどの家もある程度の広さがある。

真人の家にも当然畑があって、八十歳を過ぎたというのに全然背中が曲がっていない真人のお祖父ちゃんとお祖母ちゃんが、今も現役で畑仕事をしている。ちなみに森美神社の管理をしているのは、真人の伯父《おじ》さんだ。

「え？　これマジで真人が一人でやったの？」

テントの中と外をまじまじと眺めながら遥が聞くと、背が高くサラサラの黒髪に黒縁の眼鏡《めがね》をかけている真人は、自信たっぷりに腕を組みながら頷《うなず》いている。神社の裏手に張られた三角形のテントは想像していたよりも大きくて、四人なら余裕で入れそうだ。

「不器用な真人のことだから苦戦してると思ったけどね」

「あのな、こういうのは力や器用さというよりも、ここを使うんだよ」

真人は自分の頭を指差し、またもや得意げにニヤリと笑った。

その言葉通り、真人は昔から頭がいい。成績は常にトップで私達にもよく勉強を教えてくれて、特に高校受験の時なんか、感謝してもし切れないほど私も遥も真人にはお世話になった。真人がいなかったら、四人で同じ高校に合格することは出来なかったかもしれない。

各学年に一クラスしかなかった小学校では五、六年でクラス委員を務め、中学と高校では生徒会長にもなり、真っ直ぐで正義感が強い真人。真面目だけれど不器用な真人は、四年生までとても大人しかった。本が好きなところは私と似ているけれど、私と違って真人は友達の輪に自分から入っていくのがあまり得意じゃなかったから。

学年は関係なく、全員の顔と名前が分かるほど森美町は子供の数が少なく誰もが知り合いのようなものだったけれど、そんな環境の中でも真人は幼馴染みの私と遥以外とはなかなか打ち解けられずにいた。いつも女の子二人と一緒にいる真人をからかう友達もいた。でもそれを変えてくれたのが、そうちゃんの存在だった。

「そうちゃんは？」

辺りを見回しても目に映るのは大きな木ばかりで、そうちゃんの姿は見当たらない。

「なんか忘れ物したとかで一回戻ったけど、そろそろ帰ってくるんじゃないか？」

テントの前に折りたたみのテーブルをセットしながら真人が答えた。必要な物は昨日話し合って確認したし、忘れ物ってなんだろう？

「よ～、やってるか!?」

大きくて野太い声と共に階段を上がってきたのは悟朗《ごろう》さん、真人の伯父さんだ。背が高く大きな体は上下白いジャージを着ていて、まるで体育教師のようないで立ちだ。でも悟朗さんは教師ではなく、町役場に勤めている公務員だ。

そう言えば昔、森美神社で悟朗さんに酷《ひど》く怒られたことがあったな。あれは確か、六年生の夏休みのこと……。


『大丈夫だったか？』

神社の側で輪になってしゃがんでいる私達は、そうちゃんの言葉に頷いた。

夏休み最後の思い出に花火をしようとみんなで決めた私達は、そうちゃんの家に集まって残りの宿題を終わらせると親に嘘《うそ》をついて、事前に買っておいた花火を持って神社に集合した。

『でもさ、バレないかな？』

『大丈夫大丈夫、全員で俺の家に集まるって言えば疑わないだろうし、祖母ちゃんには真人の家に行くって言ってあるから』

不安そうな遥に向かって、そうちゃんは軽い口調で言った。私も本当は不安で、嘘をつくのも嫌だったから最後まで反対したけれど、四人で花火をしたいと言ったそうちゃんや真人の言葉に最終的には折れてしまった。勝手に火を使って遊ぶのもダメなことだと分かっていたけれど、私もみんなで花火をしたかったから。

『じゃーあんまり遅くなると怪しまれるし、花火やろうぜ』

そうちゃんが家から持って来たバケツに水を入れ、花火を始めた。時刻は十七時で日が落ちるにはまだ早かったけれど、森美神社は山の木々に覆われているからか、森の外よりも薄暗い。そのため、様々な色の花火がちゃんと綺麗に輝いて見える。

手持ち花火を何本かやった後、そうちゃんと真人が置いて火を点《つ》ける打ち上げタイプの花火を準備していた。

『それもやるの？　危なくない？』

心配になって私が声をかけると、そうちゃんは『こっちの方が綺麗だから』と言って火を点けた。花火はシャーッと音を立てて一気に上へと舞い上がる。そして四人でその花火を囲んで見ていた時だった。

『こらっ!!』

突然聞こえた大きな声にビクッと体を震わせると、悟朗さんがもの凄《すご》い剣幕で私達に近付いてきた。少しずつ後退《あとずさ》りをして、追い詰められるように神社の前で小さくなった私達。

眉毛を吊《つ》り上げ眉間にしわを寄せている悟朗さんの顔を見ただけで手の震えが止ま

らないのは、自分が悪いことをしていると分かっているからだ。謝らなきゃいけないのに、怖くて声が出ない。

『お前達、なにやってんだ』

黙ったまま俯いている私達の頭上に、悟朗さんの低い声が響く。いつもの陽気で明るい声とは全然違っていた。

『さっき颯太のお祖母ちゃんが、畑で穫れた野菜を真人の家に持って行ったそうだ。どういうことか分かるな？』

お互いがお互いの家に行くと言ったのに、そこにはそうちゃんも真人もいない。嘘をついたことがバレてしまった。だから悟朗さんが私達を探してここにやって来た。そして私達は、花火をしていた。子供が勝手に火を使っちゃいけないと昔から言われていたのに、それを破ってしまったことを怒っているんだ。

『ごめんなさい。俺が花火をやりたいって言ったんだ。夏休みは今日で最後だし、嘘つくように言ったのも俺。だから他の三人は悪くない』

一歩前に出たそうちゃんが、悟朗さんに向かって深く頭を下げた。

『颯太、なに言ってんだよ。花火がしたいって言ったのは俺も同じだろ！』

『私だって、楽しそうだなって思っちゃって止めなかった』

『私も、四人で花火がしたいって思った。だからそうちゃんだけの責任じゃないよ。

勝手に花火をしてしまって、ごめんなさい』

　真人の言葉に続き遥と私もそう言って悟朗さんに頭を下げると、腕を組んだまま私達を凝視していた悟朗さんが大きくため息をついた。

『そうやってかばい合ってても、俺にはなにも響かないぞ。森の中で勝手に火を使ったことはもちろんやっちゃいけないことだ。でもまず謝らなきゃいけないのは、そこじゃないだろ。両親やお祖母ちゃんがどれだけ心配してると思ってるんだ！』

　私達四人は互いに顔を見合わせる。そして思い出した。小さい時からなにかと町の子供達の世話をしてきた悟朗さんが、常に言っていた言葉がある。『人を傷付けるような嘘は、絶対に言わないこと。嘘をつくと、相手だけじゃなく自分の心もどんどん傷付けることになるんだ』。

　それを思い出した私は、目に涙を溜《た》めながらもう一度頭を下げた。

『嘘ついて、ごめんなさい』

　すると、そうちゃんと真人と遥も続いて頭を下げる。

『嘘をついて、ごめんなさい！』

　今度は四人で声を揃《そろ》えて謝ると、悟朗さんは私達の頭を順番に撫《な》でた。その手が大きくて、温かくて、私と遥は森に響くくらいの声を出して大泣きしてしまった。

　そして家に帰った私はその日の夜に物語を書き、それを翌日悟朗さんの家に持って行って聞かせることにした。もちろんそうちゃんと真人と遥も一緒に行って。頭の中で物語を考えることが好きな私は、上手く言葉に出来ない思いを物語に託して、迷惑をかけてしまった悟朗さんに自分の気持ちを伝えたかったから。

＊＊＊

『小人と巨人』

あるところに、四人の小人がいました。おもしろいことが大好きな小人たちは、楽しいことを探して国から国へ旅をしていたのです。

そして小人たちがある日ぐうぜん入った国は、大きな大きな巨人が暮らしている巨人の国でした。

小人は、自分達とは全然ちがう大きな体の巨人がこわいと思いました。すぐに巨人の国を出ようと思ったけど、ある一人の巨人に見つかってしまったのです。

「お前たち、なにしてるんだ」

体も声も大きな巨人がこわくておびえていると、巨人は自分の手を小人たちの前にのばしました。つかまってしまうと思った時、巨人の手がパッと開き、その大きなてのひらにはたくさんのフルーツがのっていました。

「食べるか？　おいしいぞ」

そう言って巨人は、大きな口と大きな目を開いてニッコリと笑いました。

その日をキッカケに、小人と巨人はとても仲良くなりました。小人たちは今までの旅の話を巨人に聞かせたり、なやみを聞いてもらったり、大きな体の巨人がこわいと思っていたけど、本当はとても優しい巨人のことが大好きになりました。

そしてある日、巨人は小人たちに言ったのです。

「この森の奥にはこわい魔女が住んでるから、絶対に近づいたらいけないよ。約束だ」

緑がいっぱいで色とりどりのお花が咲いているきれいな森の奥に、本当に魔女が住んでるのかな？　小人たちは、魔女を見てみたいと思いました。自分たちは小さいし、きっと見つからない。魔女を見たらすぐに帰ればだいじょうぶ。

小人は巨人に「かくれんぼするから目をつむってて」、そう言ってうそをつき、約束をやぶって魔女の住む森に行ってしまったのです。大きな葉っぱのかげにかくれながら森を進むと、そこにはどうくつがありました。岩が大きな口を開けているように見えてとてもこわかったけど、小人たちはゆっくり中へ入りました。中は真っ暗でなにも見えません。

「やっぱり帰ろうよ」

一人の小人がそう言った時、真っ暗やみの中に赤い目が二つうかび上がり、小人たちをにらみました。どんどん大きくなっていく赤い目に小人たちはふるえてしまい、こわくて動けません。

「見たなー!」

赤い目がピカッと光り、もうダメだと思った時、小人たちの体が温かいなにかにつつみこまれました。そしてどうくつの外へいきおいよく引っぱられたのです。

小人たちが目を開けると、目の前にいたのは巨人でした。小人をつつんだ温かいなにかは、巨人の大きな手でした。小人たちは泣きながらあやまりました。

「ごめんなさい。約束をやぶってごめんなさい」

泣いている小人を見て、巨人は言いました。

「君たちになにかあったら、ぼくは悲しいから」

巨人の大きな目から、大きな大きななみだのつぶが滝のようにたくさんこぼれてきました。そのなみだを見て、小人たちはもう二度と約束をやぶらないと決めたのです。

それから小人と巨人はもっともっと仲良くなって、小さな体の小人たちは巨人に守られながら、いっしょに次の国へと旅立って行きました。

＊＊＊

私が物語を読み終えると、真剣に聞いていた悟朗さんは私に言った。

『これ、あかりが書いたのか？　凄いな！　感動したよ。また他に物語を書いた時は、俺にも見せてくれよ』

悟朗さんは嘘をついて花火をしたことを、何度も責めるようなことはしなかった。その代わり、しつこいくらいに私の書いた物語を褒めてくれて、そして最後に言ったんだ。

『森美神社をお前たちの秘密基地にしたっていいんだ。今度いらなくなったテーブルを用意してやるから、宿題をしたり好きなことをして遊んでいい。きちんと約束さえ守ればな。なにか困ったことがあったら俺に言うんだぞ、なんせ俺は、お前ら子供達を守る巨人だからな』


外から丸見えだったけれど、ここを自分たちだけの秘密基地だと決めたあの日の興奮と、嘘をついて悟朗さんに叱られた時の悲しみは忘れられない。子供のいない悟朗さんにとって、町の子供達が自分の子供のようなものなのだろう。十八歳になった今でも、悟朗さんは変わらず私達にとって『大きな巨人』だ。

「悟朗さん、今日はありがとうございました」

私はそう言い、遥と一緒に悟朗さんに向かって頭を下げた。

「お前らの頼みなら聞かないわけにはいかないだろ。親御さんも許可したんだしな。ただし、火を使う時は俺に言えよ」

悟朗さんはピッと人差し指を立て、太い眉をピクリと動かした。

最後の思い出作りにキャンプをしようということになった時、やるなら森美神社がいいと言ったのはそうちゃんだった。昔からしょっちゅう遊びに来ていた場所で、缶蹴りやかくれんぼをしたり、悪戯《いたずら》をして怒られたことも何度もあった。

森美神社は一応神社だけれどとても小さい。その狭い境内の隅には、悟朗さんが設置してくれた木のテーブルが今もそのまま置かれている。きっと今も、子供達がここで宿題やお絵かきなどをして遊んでいるんだろう。フフッと微笑みながら、小さな神社を見つめた。

ここには神主や巫女《みこ》さんはいない。当然観光客が参拝に訪れるわけでもなく、鈴はあるけれど賽銭《さいせん》箱はない。かなり昔には神主さんもいたらしいけれど、時代と共に後継者が減り、私達が生まれる前からここは無人の神社になっていたそうだ。とはいえ一応神社なのだから神様がどうとかで、ほったらかしにすることをお年寄りの人達が嫌がって、一年ごとに交代で掃除をしたり管理をしたりしているらしい。現在は悟朗さんがそれをやっている。

「あーそうだ。今夜俺はここで寝るから、なんかあったら起こしていいからなー」

指差した社殿の奥には、人が寝泊まり出来るスペースがある。今で言うワンルームくらいの広さだ。昔はそこに神主さんが住んでいたらしいけれど、今は当然誰も使っていない。

こうやってこのキャンプに悟朗さんがいてくれるのにはわけがある。もちろん神社の今の管理者だからということもあるけれど、それだけではない。悟朗さんは町のみんなから信頼される存在だからだ。

私達だけで森の中でキャンプをしようとなった時、そんなことを言ったら親に反対されるかもしれないと思った。いくら森美町のみんなが全員顔見知りとはいえ、絶対安全とは言い切れないからだ。だから私達は悟朗さんにお願いをした。高校最後の思い出、そして森美町を離れる前にどうしてもここで四人でキャンプをしたいと。悟朗さんは『ちゃんと自分たちで親を説得出来たらな。ま、俺が神社に寝泊まりするからって言ってもいいぞ』、そう言ってくれた。勝手に火を使わないとか夜中に森の中に入らないとか当たり前の条件は色々言われたけれど、結局親が許してくれたのは、悟朗さんが側《そば》で寝てくれているということが大きかったのだと思う。

悟朗さんは興味ありげに眺めながらテントの周りを一周した後、夜にまた来ると言って一旦神社を後にした。

「今何時だ？」

「もうすぐ十二時だけど」

「え？　もうそんな時間かよ。予定では十二時に昼ご飯を食べてるはずだったのにな……。よし、急いで準備しよう」

慌てている真人を横目に見ながら、遥は背負っていたリュックからタッパーを取り出してゆっくり並べた。

「あのねー真人、なんでもかんでも時間通りに出来るわけじゃないの。予定は未定、そういうのもキャンプの醍醐味なんだから」

「分かってるけどさ」

「分かってるなら気にしない気にしない。あ～あ、心配だな。人で溢《あふ》れた都会で真人がちゃんとやっていけるのか。都会の電車は本数はびっくりするほど多いけど、事故とかでよく止まったり遅れたりするってお母さんが言ってたよ。その度にソワソワしてたらきりないんだから」

「大丈夫だよ。慣れればなんてことない」

「ほんとかな～？」

キッチリしている真人と大雑把な遥、正反対の二人だけれど、これが何故《なぜ》かとても息が合う。それぞれ形は違うのに、ピッタリはまるパズルのピースみたいだ。

二人のやり取りを微笑ましく見つめていると、悟朗さんと入れ違いで数分後にそうちゃんが戻って来た。私と違って、階段を二往復したというのに息が全然切れていなくてなんだか悔しい。

「そうちゃん、なに忘れたの？」

「あぁ、まー……ちょっとな」

珍しく目を合わせず、そのままテントに向かったそうちゃんの、どこかよそよそしい態度に違和感を覚えて首を傾《かし》げた。

「なんだよ真人、俺がいなくてもテント張れたじゃん」

「あたり前だろ。俺には野生の勘はないが、颯太と違って知識ならある」

再び自信満々に腕組みをした真人の頭を、そうちゃんが軽くどついた。側にいる遥は口を大きく開いて笑っている。

三人が笑っているその顔はいつも通りのはずなのに、ふいに感じる寂しさに少しだけ胸が締め付けられる。せめてあと一年、一緒にいられたら。半年でもいい、三人と一緒にやりたいことも行きたい場所もある。高校に入学した頃は、卒業なんてまだまだ先だと思っていたのに。

落とした視線の先には、まだ閉じているタンポポの花びらが本格的な春の訪れを待ってそうだった。

やっぱり私も、ここに残ろうかな。そうすれば……。

「あかり！　昼飯食べるぞ！」

顔を上げると、そうちゃんが遥がテーブルに置いたタッパーから一つおにぎりをつかんで、少し離れている私の方に向かって見せた。

こげ茶色の短い髪の毛と二重瞼《ふたえまぶた》の大きな目は初めて見た時と変わらないけれど、白い歯を見せて笑うそうちゃんの目尻には、ほんの少しだけしわが寄っている。九年間で、沢山笑ったもんね。最初は眉間にしわを寄せてばかりだったのに。

「うん、食べる！」

テーブルの上には遥が握ったおにぎりと、私が作った卵焼きと唐揚げのタッパーが並んでいる。

「端から梅、昆布、鮭、ツナマヨが二個ずつあるから」

「遥が料理とか、最後の最後で意外な一面見せてんじゃねーよ」

からかうように言ってツナマヨのおにぎりをかじったそうちゃんのお腹《なか》に、遥がパンチをした。

「あのねー、去年の体育祭でもおにぎり作りましたけど！」

頬《ふく》を膨らませている遥の横で、真人は二個目のおにぎりを持ちながら、反対の手で卵焼きを口に頬張った。

「喋ってないで食べないと、なくなるぞー」

真人はどちらかと言うと細身なのに、実は大食漢だ。

「えっと、卵焼きは右側がしょっぱい系で、左が甘い系だからね」

二種類作ったのは、それぞれ好みが違うから。遥と真人は出汁《だし》のきいた卵焼きが好きで、私とそうちゃんは甘いのが好きだ。

「さすがあかり！　分かってるね～」

卵焼きを食べた遥が、笑みを浮かべながらほっぺに手を当て「美味《おい》しい」と呟《つぶや》いた。

私達は軽い会話をしながらも食べる手は止めずにいたからか、用意してきたご飯はあっという間に無くなり、ものの二十分でランチタイムは終了してしまった。

時刻は十三時、普段ならまだまだ時間があると思うのだろうけれど、今日は違う。空の色が変わるのも陽が沈むのも、きっといつもより早いんだろうな。そう思うだけで切なさが波のように押し寄せてくる。みんなも、私と同じ気持ちなのだろうか……。

すっかり空になったタッパーをしまい、綺麗に片付いたテーブルの上に、真人が温かいお茶が入った水筒と、クーラーボックスから取り出したペットボトルのジュースを置いた。その後私達は、最後だからとなにか特別なことをするわけでもなく、テーブルを囲みながら、いつものようにお喋りに夢中になった。

「やっぱ制服の方が良かったんじゃない？　最後がジャージって」

今日は全員高校のジャージを着ている。深緑色で両袖とズボンの両サイドに白いラインが入ったジャージ。

「制服は卒業式の時に着るけど、ジャージはもう着ないからってことに昨日なっただろ？　つーかそもそも制服でキャンプなんか窮屈で無理だし」

そうちゃんの言う通り制服はあと一回着られるけれど、ジャージは多分もう着ない。胸元に名前が入ったジャージを今後都会で着ることはまず無いだろうし、部屋着として活用するくらいだろう。

「それはそうだけどさ、今日撮った写真全部ジャージ姿っていうのもなんだかなー」

遥はお洒落《しゃれ》が好きだから、口を尖らせて拗《す》ねる気持ちも分からなくはないけれど、私は最後にみんなでお揃いのジャージを着られたことを嬉《うれ》しく思う。体育の授業や体育祭とか三年間で散々着たはずなのに、ジャージに限らず、思い出の詰まった物とお別れするのはやっぱり寂しいから。

「卒業式の時にはさ、制服でいっぱい写真撮ろうよ」

私は笑顔でそう言い、隣にいる遥の肩に手を回した。

「うん、そうだね。全員カメラと携帯の充電忘れないでよね！」

「おいおい、何枚撮るつもりだよ」

少々呆《あき》れたように呟いてジュースを飲むそうちゃんの横で、真人はさっきから黙ったままだ。少し前屈《かが》みになりながらテーブルに肘をつき、一点をジッと見つめている。

「なんだよ真人、寂しくなっちゃったか？」

それでも真人は口を噤《つぐ》んだまま、テーブルにのせている両手を結んだ。そして小さくため息をつき、ポツリと呟いた。

「本当は……不安なんだ……」

きっとそれは真人だけではなくて、そうちゃんも遥も私も、全員が心の奥に隠していた気持ちなのかもしれない。悲しいとか寂しいとか、そういう気持ちは散々吐き出してきた。でも本当に一番感じていたことは、これから自分達がどうなっていくのか、大人になることへの、将来への不安だった。

もしも全員が森美町に残ってこのまま大人になるのだとしたら、今感じている不安はなかっただろう。でも、私達の将来はみんな別々の方向を向いている。みんな同じじゃない。だから、ただ一緒にいたいからという理由で森美町に残るという選択は私達にはなかった。自分達で決めたことだけれど、やっぱりそれぞれ不安を抱えているんだ。

「私だって、不安だよ……」

しばらく沈黙が続いた後、最初に口を開いたのは遥だった。白い湯気が立っているコップを、両手でギュッと握っている。

「モデルになりたいから自分を磨くために東京の美容専門学校に行くなんて、現実的じゃないよね……」

遥は小学生の頃からモデルの歩き方を真似《まね》てみたり、遥の家で私と二人きりでいる時には、ファッションショーをしてくれたりすることもあった。中学からは月に一冊お気に入りのファッション雑誌を買い始めて、高校に入ってからは休みの日に化粧をしたり。だから、私は随分前からなんとなく気付いていた。遥はそういう道に進みたいんだろうなと。なによりも目立つのが好きだったし。

それに、親友だから言うわけではなくて、本当に遥は綺麗だ。だから去年の今頃、『私、モデルになる！』、そう言った遥の言葉はすんなりのみ込めて、私が遥の一番の、そして最初のファンだからと背中を押した。多分、簡単なことではないと思うし、それは遥も分かっていると思うけれど、現実的じゃないなんて言い出すのは本当に不安を感じているからなんだ。いつでも自信に満ち溢れていた遥が背中を丸め、表情を曇らせている。

「どうしてそう思うの？」

俯いている顔を覗《のぞ》き込むようにして問いかけると、遥は視線を泳がせた。

「だって、学校に行きながらオーディションとか受けて、落ちまくったらとか。もしもモデルになれたとして、仕事が全然来なかったらとか。ていうかそもそも、私が美人だって言われてるのは森美町の中でだけで、外に出たら案外そうでもないのかもとか……」

まだ見ぬ世界に飛び出すことは楽しみでもあり、同時に大きな不安を抱えることになる。だから、遥の気持ちはじゅうぶん過ぎるくらい伝わってきた。

「不安だよね……。でも、万が一ダメだったとしても、それで終わりじゃないよ。将来への道は一つだけじゃないでしょ？」

「あかり……」

「だけどね、私は夢に向かって一歩踏み出そうとしている遥を応援したい。ダメだったらどうしようって考えるんじゃなくて、今はモデルになるっていう夢に向かって頑張ってほしいんだ」

自信がなさそうに小さくなっている遥の肩に、私はそっと手を置いた。

「それにね、遥は世界で一番綺麗だと私は思ってるけど、それは見た目のことだけじゃないよ。遥は心も綺麗だから。相手が男子だとしても嫌なことをする人には立ち向かっていく心の強さと、優しさがある」

遥はいつでもキラキラしていて、自然と周りに人が集まってくる魅力を持ってる。だから私には見えるんだ。大きな舞台で、堂々と歩いている遥の姿が。

「あかり……ありがとう。でも、違うよ……本当に優しいのは……」

言葉に詰まった遥の目には、涙が浮かんでいた。それを隠すように、遥はコップに入ったお茶を飲みほした。

「遥が弱音吐くなんて珍しいよな。ぐずぐず悩まなくたって、大丈夫だろ」

いつものように軽い口調で言うそうちゃんに、涙を溜めた瞳を向けた遥。

「ちょっとそうちゃん」

そんな言い方しなくても、と思いながら私は眉をひそめて正面にいるそうちゃんを見つめた。

「なんだよ。だってさ、森美町で一番綺麗だってことは、世界で一番綺麗だってことだろ？」

「は？　ちょっと、なにそれ」

目を丸くして呆気《あっけ》にとられている遥に向かって、そうちゃんは満面の笑みを浮かべた。

「この森と川と田んぼと畑と、空と……あとそれから、とにかく全部、森美町の全部が世界で一番の場所なんだ。だからここで育った遥が森美町一の美人なら、どこに行ったって通用するってことだ」

正直よく分からない理由だけれど、そうちゃんはいたって真面目《まじめ》に言っているようだ。自信たっぷりに遥を見つめたまま、視線を逸《そ》らさない。

「颯太ってマジ適当だよね」

そう言って先に目を逸らした遥は、言葉とは裏腹にとても嬉しそうに頬を染めながらそうちゃんの肩を叩《たた》いた。

遥を安心させたいというそうちゃんの気持ちは、遥にもちゃんと伝わっている。下手くそだけれど、そうちゃんなりの励ましの言葉なのだと。

「で？　お前はなに拗ねてんだ？」

「別に拗ねてねーよ！」

こんなのはいつものそうちゃんの冗談で、それは真人が一番よく分かっているはずなのに。真人はずっと顔をしかめたまま片足を軽く揺らしている。

真人がこんな風にイライラした姿を分かりやすく表に出すのは珍しい。心配するような、苦しげな表情で真人を見ている遥。きっと私も遥と同じような顔をしているんだろう。不穏な空気に心が落ち着かない。

「遥みたいに明確な夢があるわけでもなく、頭がいいだけの俺が東京の大学に通って、それでその後はなにか得られるのかなって、そう思っただけだ……」

ぼそぼそと消え入りそうな声で語った真人は、大人しくてなかなか友達が出来なかった頃の真人に一瞬戻ったようだった。

「なんだよそれ。頭がいいだけって、自慢かよ」

誰がどう見たって真剣に心の内を話していた真人に対して、そうちゃんの言葉は乱暴だった。口を挟もうかと思ったけれど、そうちゃんのことだからなにも考えずに言ったわけではないのかもしれない。

「それだけ頭が良ければじゅうぶんだろ。その後のことなんてその時考えればいいじゃねーか」

「颯太はいいよな……」

また少し、真人の声のトーンが変わった。冗談や遊び半分ではなくて、本気で怒っている時の低さだ。

「は？　なにがだよ」

「お前はやりたいことがないからって、一人だけ森美町に残るだろ⁉　それで悟朗さんのところで仕事を手伝って、今とほとんど変わらないじゃないか」

「だからなんだよ」

少しマズい空気だと思ったのは、遥も同じはずだ。私も遥も少し前のめりになり、いつでも止められる状態を作った。

「お気楽だって言ってんだよ！　将来のことを考えなくていいお前に、俺の気持ちなんて分かるはずないだろ！」

それは違う、そう言って立ち上がろうとした時、向かい側に座っているそうちゃんが右手を一瞬前に出し、私を制止するような素振りを見せた。だから私は立ち上がらずに、少しだけ上げた腰を元に戻す。

「まだなにも始まってないのに弱気になってる奴の気持ちなんて確かに分からないな。じゃーお前、なんで大学に行って勉強するんだ。そんなに不安なら行かなきゃいいだろ」

興奮している真人に比べて、そうちゃんは怒鳴るわけでもなく終始落ち着いた口調で話している。だからなのか、もう少し二人の様子を見守ろうと遥に目で合図すると、遥は軽く頷いた。

「行かなきゃいいって、大学に行かなきゃ今のご時世やりたい仕事だって出来ないだろ」

「やりたい仕事ってなんだよ」

「別に、今はまだ分かんねーよ。ただ……」

「ただ？」

「森美町に、俺達が育ったこの町にいつか恩返しが出来ればいいなとか……まだその程度のことしか考えてないんだ。だから……」

「なーんだ。あるじゃん、やりたいこと」

「……は？」

真人だけではなく私も遥も、大きく目を見開いた。そうちゃんはポリポリと頭を掻《か》きながら笑顔を見せている。

「いつか森美町に恩返しが出来ればって、そう思ってるんだろ？」

「そ、そうだけど、でもまだなにがやりたいのか明確なことは」

「明確にしなきゃいけないのかよ。じゅうぶんじゃねーか、それだけで。頭いいんだからとりあえず勉強してもっと頭良くなって、どんなことでもいいからお前の言う恩返しを目標にして頑張ればいいじゃん」

「でも、俺は……」

「でもじゃねーよ。なんだっていいんだ、森美町唯一の小学校の先生、一時間に一本のバスの運転手、町長って手もある。それから、いつかどっかのお偉いさんがこの町の再開発とかで森を壊そうとした時、それを阻止するために動く弁護士とか、なんか分かんねーけどさ、いっぱいあるじゃん。恩返し。選び放題だ」

私は堪《たま》らずプッと噴き出してしまった。すると遥もつられて笑い出す。当の真人は、口を開けたまま呆気にとられている。

「遥みたいに一つの夢に向かって進むのもありだし、迷いながら決めていくのもありだろ。みんな同じじゃねぇんだし」

そうちゃんはいつも適当で軽そうに思えるような口調だけれど、でもその言葉は決して適当なんかじゃなくて、そうちゃんらしいと言った方が正しい。そうちゃんが私達を大切に思ってくれているということは、誰よりも私達自身が良く分かっているから。もしかしたら喧嘩になってしまうかもと思ったけれど、やっぱり心配する必要なんてなかったな。

「あーあ、なんか真面目に悩んで損した気分だな」

空を仰ぎ、大きく伸びをした真人の顔が、さっきよりも晴れやかに見える。そんな様子を見ているだけで、自然と笑顔になってしまう自分がいた。

「もーまた喧嘩するのかと思ったよ。ていうか、あの時のこと思い出しちゃったじゃん」

「なんだよ、あの時って」

呆れ顔でため息をついた遥に向かって、そうちゃんが首を傾げる。

「まさか忘れたの？　あんた達が最初に喧嘩した時のこと。あかりは覚えてるよね？」

「もちろん。あのことがあったから、真人とそうちゃんは仲良くなったんだもんね」

「そうだっけ？」

「そんな昔のこと、忘れたな」

ニコニコしながら二人の方を向くと、真人とそうちゃんは少し照れたように私から視線を逸らした。

「転校初日から否定的な発言してさ、態度も悪いし。話しかけても無視するし。でもさ、なぜか颯太の方から真人に話しかけたんだよね。あれにはマジで驚いたわ」

「ほんと、そうちゃん口が悪かったから真人泣きそうになってたし」

遥と二人で、途中何度も思い出し笑いを挟みながら昔の話で盛り上がった。その間、そうちゃんと真人は恥ずかしそうにばつが悪いといった顔で黙って聞いている。喧嘩といっても、あれは二人の仲が悪くなる喧嘩ではなくて、むしろ二人の距離が近づくキッカケになったと言ってもいい。

そうちゃんが森美町に来て一ヶ月が経過した頃、クラスの中でちょっとした騒ぎが起きた。虐《いじ》めというわけではないけれど、いつも誰かをからかって楽しむクラスメイト達がいて、真人がその標的にされた時のことだ。

『本ばっかり読んで楽しい？』

『なんで女としか遊ばないの｜？』

『遥とあかり、どっちと結婚すんだよ』

席に座っていた真人は、ただ黙って俯いていた。元々大人しくて言い返すとか怒るとか、そういうタイプではなかったから。自分の席で小さくなっていた真人は、今にも泣きそうに少しだけ肩を震わせていた。

　遥が堪らず真人を庇おうとしたその時だった、真人とは離れた席に座っていたそうちゃんが椅子の音を鳴らして勢いよく立ち上がり、真人の前にツカツカと歩み寄る。てっきり真人を庇ってくれるのかと思っていたら、そうちゃんは真人の目を見て言ったんだ。

『お前、さっきからなんで言い返さねぇの？　ずっとそうやって喋らないつもりかよ。下ばっか見てなんか面白いのか？』

　私と遥は驚き過ぎて言葉が出なくて、さっきまでからかっていた男子達ですら黙り込んでしまった。けれど真人は、その時初めて顔を上げたんだ。悔しそうに唇を噛《か》み締めながら、そうちゃんを睨んだ。

『お、俺の気持ちなんて、分からないだろ……』

『は？　なに？　聞こえないけど』

『お前みたいな口が悪い奴に、俺のことなんか分かるわけない！』

『分かんねぇな。幼馴染みとしか喋れないような奴の気持ちなんて知らねーし』

　すると真人は、立ち上がってそうちゃんの腕を強く掴《つか》んだ。いつも大人しい真人のそういう姿を見たのは、この時が初めてだった。

『なんでみんな、もっと喋ろとか明るくなれとか言うんだよ。僕は、僕はこれでいいんだ！　遥とあかりはそれを分かってくれてる。だから……いいんだ！』

静寂に包まれた教室の中、感情を剥《む》き出しにして大声を出した真人は、瞳を潤ませていた。

『なんだよ、だったらいいじゃん』

『え？』

『それなら、申し訳なさそうに下向いてオドオドしてないで、堂々としてろよ』

全員が黙って見守る中で、そうちゃんはしかめっ面のまま言葉を続けた。

『本が好きなら、堂々と背筋伸ばして読めばいいじゃんか。本音を話せる奴がいるなら、無理してみんなに合わせる必要もねぇし。それがお前なんだろ？』

思いもよらないそうちゃんの言葉に一番驚いていたのは、やっぱり真人だった。眼鏡の奥にある瞳を大きく見開いて。

　その後、何事もなかったかのように自分の席に着いたそうちゃん。そんなそうちゃんを目で追っていた真人が、私には本当に少しだけ、笑ったように見えたんだ。

　それから二人の距離は少しずつ縮まっていって、いつしか真人は私達といるよりも、そうちゃんと一緒にいることの方が多くなっていった。そうちゃんの側にいたからなのか分からないけれど、成長するにつれて自分に自信をつけ、顔を上げるようになっていった真人。

「そんな昔のこと話すなよー。恥ずかしいじゃん」

私達が昔話で盛り上がっていると、照れた真人はあの時と同じように少しだけ微笑んでいる。私と遥は知っていたけれど、真人は恥ずかしがりやで大人しくて、喋りたくても緊張して喋れないことを悩んでいた。だからあの時、〝それでいいんだ〟とそのままの自分を認めてもらえたような気がして、真人は嬉しかったのだと思う。

ふと空を見上げると、木々の隙間から差し込んでいた日差しがいつの間にか少しずつ弱くなっている気がした。一番高い場所にあった太陽が、少しずつ傾き始めたのだろう。

「颯太は大丈夫？　お祖母ちゃんのこと」

「ん？　ああ、もう大丈夫だ。八十九歳だったし、長生きした方だろ」

遥の言葉に、いつものように答えたそうちゃん。

そうちゃんのお祖母ちゃんは、三ヶ月前に亡くなった。肺炎をこじらせたのだと聞いている。お祖母ちゃんが亡くなってからは他に頼れる親戚のいないそうちゃんは、今、悟朗さんの所でお世話になっている。四年生の時から、そうちゃんの側にいたお祖母ちゃん。悲しくないわけない、本当は辛いのに、そうちゃんは涙も見せずに葬儀などの準備を町の人達と一緒になって頑張っていた。

「お祖母ちゃんのお葬式の時、あかりが読んだ物語には本当に泣かされたよね」

テーブルに肘をつき、遥がしみじみと呟いた。

「遥は俺より泣いてたもんな」

本当はお葬式が終わってからそうちゃんだけに渡そうと思って書いた短い物語だけれど、余計にそうちゃんを悲しませてしまうかもしれないと思った私は、悟朗さんに物語を見せてこれをそうちゃんに渡しても大丈夫か相談をした。すると悟朗さんは予想外なことを言い出した。

『これ、葬式の最後に読んでやったら、颯太も亡くなったお祖母ちゃんも喜ぶんじゃないかな』

お葬式に物語を読むなんて不謹慎じゃないのかなと思ったけれど、悟朗さんに絶対に読んだ方がいいと言われ、私は読むことにしたんだ。

＊　＊　＊

『温かい手』

大好きなお父さんが天国へ行き、僕はお祖母ちゃんと暮らすことになった。

笑うと顔中しわだらけになるお祖母ちゃん。僕に優しくしてくれるお祖母ちゃん。僕はお祖母ちゃんが大好きだった。

寂しくないように、いつも頭をなでてくれるお祖母ちゃん。

だから僕は、そんなお祖母ちゃんを悲しませたくなくて、我慢した。悲しくても、寂しくても、心配させまいとお祖母ちゃんの前ではいつも笑顔でいるようにした。

だけど今度は、大好きなお祖母ちゃんが天国へ行ってしまった。僕はもう、お祖母ちゃんが作ったみそ汁を飲めなくなってしまった。学校の話を聞いて笑ってくれるお祖母ちゃんは、もういない。

神様はどうして、僕から大切な人を奪うんだろう。どうして一人にするんだろう。

一人で悲しみに耐えている男の子を空から見ていたお祖母ちゃんは、少しだけ地上に降りていいと神様に言われ、男の子の前に姿を現しました。

男の子はとても驚き、嬉しくてお祖母ちゃんに抱き付きました。

「お祖母ちゃん！」

するとお祖母ちゃんは、男の子の頭を優しくなでました。

「一緒にいてあげられなくてごめんね。悲しい時は、我慢しなくていいんだよ。だって、そうちゃんの周りには大切な友達がいる。そうちゃんを支えてくれる大人もいる」

「でも、僕が泣いたら、お祖母ちゃんもお父さんも心配するでしょ？」

「もちろん心配だよ。でもね、お祖母ちゃんもお父さんも、空からちゃんと見守ってるから」

「だけど、会えないんでしょ？　泣いても、誰も頭をなでてくれないじゃん」

「そんなことはないよ。そうちゃんが泣いたら、側にいてくれる人は沢山いる。だから、我慢しなくていい」

お祖母ちゃんはそう言って男の子の頭を温かい手で優しくなでて、空に浮かんで行きました。

消えていくお祖母ちゃんを見上げていると、うしろから男の子の名前を呼ぶ声が聞こえてきました。振り返ると、そこには男の子の友達が立っていました。友達の姿を見た男の子は、声を震わせながら言いました。

「僕、もう泣いてもいいかな……。もう、我慢しなくてもいいかな……」

するると友達は言いました。

「あたり前でしょ！　悲しい時は、私達が一緒にいるから」

男の子の目からぽろりと涙がこぼれ落ちた時、空から男の子を見守っていたお祖母ちゃんは、微笑みました。

＊＊＊

お祖母ちゃんが亡くなった時、泣くのを我慢して歯を食いしばり、『ついに一人になっちゃったな』と呟いたそうちゃんの言葉がずっと頭に残っていた。だから私は伝えたかったんだ。一人なんかじゃない。困った時は私達も悟朗さんも、町のみんながそうちゃんの側にいるんだと言うことを。お祖母ちゃんの手と同じくらい温かい手を、私達も差し伸べるからと。

「お祖母ちゃんが亡くなってからずっと泣かなかったのに、颯太あの時初めて泣いたよな。」

「え？　俺泣いたっけ？　勘違いじゃないか？　つーか早く金貯《た》めて一人暮らししなきゃなー。悟朗さんの小言がうるせーし」

真人の言葉に泣いたことを誤魔化すように冗談めかして言い、笑ったそうちゃん。お葬式の時、私の物語を聞いていたそうちゃんが涙を流した後、私の方を見て微笑んでくれたのをハッキリ覚えている。そうちゃんの涙と笑顔を見て、私の気持ちがちゃんと伝わったんだと思って、とても嬉しかったんだ。

「そうだ。あかり、あれ持って来たか？」

「え？」

そうちゃんに話を振られた私は、一瞬考えてから両手をパチンと鳴らした。

「あ、持って来たよ」

今朝、まだ目覚めたばかりの随分早い時間に、そうちゃんからメールが届いていた。『神社に来る時、あかりのノート持って来て』と。ノートというのは、私が小説を書いていたノートのことだ。中学から本格的に小説を書き始めて、ノート七冊分ある。小学生の頃に便箋や画用紙に書いた物を足すともっと沢山あるかもしれない。

テーブルの上にノートを置くと、三人はそれに手を伸ばした。ファンタジーっぽい話や恋愛物など、ここにある小説は多分全部読んでもらったと思うけれど、それでも三人は真剣にノートを読んでいる。私もつられて自分が書いた小説に再び目を通し始めた。

どれくらいの時間読んでいたのかハッキリとは分からないけれど、軽く三～四時間は経っていただろうか。その間、私達は無言で私の小説を読み続けていた。ふと顔を上げると、空はすっかり薄暗くなっている。

「あー、やっぱあかりの書く小説好きだな」

遥がそう言って読んでいたノートをパタンと閉じてテーブルに置くと、その上にそうちゃんと真人もノートを重ねて置いた。

「あかりは大学行くんだよね？」

「え？　あ、うん」

突然真人に話を振られた私は、なんとなく次は自分が話す番なのかなと思い、持っていたノートをテーブルに置いた。

「一応真人と同じで東京の大学に行って、もっと色々学びたくて。でも真人の行く大学とはレベルが全然違うけどね」

「文系だよね。やりたいこととかあるの？　それとも大学に通いながら将来を決めていく感じ？」

遥に聞かれた私は、答えに迷った。

本当は遥と同じで、私にも夢がある。でもそれをハッキリ三人に伝えたことはない。言いたくないとかではないけれど、それこそ現実味がないと自分で分かっていた。けれどみんなが最後に本音を話してくれているのに、自分だけ話さないのはなにか違うと思った。

私の言葉を待っているかのように、三人は黙って私の目を直視している。

「私ね……夢が、あるの……」

それを受け、三人はほぼ同時に頷いた。

「私……小説家になりたくて」

膝の上に置いた手をキュッと握る。そしてゆっくりと見回すと、三人は顔を綻《ほころ》ばせ、とても穏やかな優しい笑顔を浮かべていた。

全員が私に向けたその笑顔に、何故か胸が熱くなって、涙が溢れそうになる。バカにしたり笑ったりすることはないと分かっていたけれど、なんだかまるで私がそう言うのを知っていた、もしくは待っていたかのようにうんうんと何度も頷きながら、三人は偽りのない笑顔を私にくれた。

「頑張ってね。あかりならきっと叶《かな》えられるよ」

「文系だったら小説書くための勉強にもなるだろうし、俺と同じであかりも昔から本が好きだったもんな。頑張れよ」

「遥、真人、ありがとう。あくまでも夢だから、なれるかどうかは分からないけど」

頑張れと言ってもらえるのは凄く嬉しいけれど、その夢に向かってひたすら努力をすることが本当に正しいのか、正直分からない。今までは好きなことを好きなように書いて、みんなに見せたりしていたけれど、本気で目指すとなったら楽しいことばかりではないと思うし。万が一それで悩んだりして書くことが嫌いになったら……そうなることが一番怖かった。

「なれたらいいなって、そのくらいの思いなんだけどね。私は三人に読んでもらえて面白いって言ってくれるだけでじゅうぶん嬉しいし」

「なに言ってんだよ。俺らに見せるだけで終わるなんて、そんなの絶対ダメだからな！」

背もたれに寄りかかったままのそうちゃんの、怖いくらい真剣で真っ直ぐな瞳が、誤魔化すように苦笑いを浮かべた私の心に突き刺さる。

「あっ……でも、夢は夢だけど、私は本当に書くことが好きだから、書き続けていられればいいし……」

「良くないだろ！　絶対ダメだ。あかりは絶対小説家にならなきゃダメなんだ」

「ちょっと颯太、あかりの夢はあかりのものなんだから、あんたがとやかく言うことじゃないでしょ？」

「いや、俺はとやかく言うぞ。別の仕事をしながらでもいいから、あかりは小説家になるべきだ」

遥の言葉にも聞く耳を持たず、そうちゃんがどうしてそこまで言うのか分からなかった。言い返す言葉が見つからなくて、自信がない自分の心の中を全て見透かされているような気がして、そうちゃんから視線を逸らす。

森の中でなければ沈みゆく夕日が見えている頃だろうけれど、木々に囲まれたこの場所はもう完全に光が遮断されている。そうちゃんはただ私の背中を押すために言ってくれたんだろうか。それとも他になにか理由があるのか……。

「よー、どうだ？　盛り上がってるか？」

　タイミングがいいのか悪いのか、ビニール袋を片手に下げた悟朗さんが沈黙を打ち破り、大きな声を上げてやって来た。

「なんだ、どうした？　顔暗いぞ。最後の思い出に浸ってんのか？」

　小さなランタンをテーブルに置き、続けてビニールからお肉を取り出してテキパキと準備を始めた悟朗さん。

「とりあえず、お肉食べようよ。話は後でも出来るしさ」

　空気を読んだ遥は悟朗さんの隣に行き、バーベキューの準備を手伝っている。私が気を使わせちゃったのかもしれない。きっと、凄く困った顔をしていたんだ。

「遥の言う通り、颯太とは後で二人で話せばいいから、まずは楽しもう」

　耳打ちをしてきた真人が私の肩にポンと手を置き、微笑んでくれた。せっかくの思い出作りなのに、私がこんな顔をしていたら台無しだ。

　それから私達は、短い時間でバーベキューを楽しんだ。悟朗さんは火を起こすのがとても上手で、『無人島に一つだけ持っていくなら悟朗さんだね』と言った遥の言葉にみんなで笑ったり、まだまだ沢山ある思い出話に再び花を咲かせたり。二度と訪れない今この瞬間を忘れることのないよう胸に刻み込むかのように、もう全部出し切るくらい大声で、お腹が痛くなるくらいとにかく笑った。

「じゃー俺は寝るから、なんかあったら言えよ」

バーベキューが終わりみんなで後片付けを済ませると、悟朗さんは神社の奥に消えて行った。

「ねぇあかり、ちょっと向こう行かない？」

そうちゃんと真人はテントの中に毛布を敷いたりして、寝る準備をしていた。いつの間にか黒いダウンを着ている遥を見て、私はジャージの上から準備していた茶色いダッフルコートを羽織る。

「うん、いいよ」

神社の階段を、携帯電話の灯りで照らしながら十五段ほど下りた場所に私達は並んで座った。白に近いグレーだったはずの石段が、黒く染まって見える。辺りは真っ暗で、真横にいる遥の顔すら目を凝らさなければハッキリ確認出来ない。風に揺れ木の枝が触れ合い、植物達がなにかの相談でもしているかのように、暗い森が怪しく騒めいている。

「明後日だね、卒業式」

「うん、そうだね」

「不思議だな、子供の頃は一日一日がとってもゆっくりだったはずなのに」

長いため息のように吐き出した遥の小さな声、それに同調した私はコクリと頷いた。

いつからこんなにも時間の感覚が変わってしまったのだろう。まるで、人生の途中から時間の流れが速くなったのではないかと疑ってしまうほどだ。これから先はきっと、あっという間なのだろう。止まらない時の中で忙《せわ》しなく回る時間を、ただひたすら走り続ける。もっとのんびり過ごしたかったな。この森の木々のようにゆっくり時間をかけて成長していけたなら、もっとみんなとも長く一緒にいられるのに。本当はまだ進みたくないのに、時間は待ってくれない。

「ねぇ、あかり？」

「ん？」

「あかりは、言わないの？」

「なにを？」

小首を傾げ左側に視線を向けると、暗闇に慣れてきた私の目に微笑んでいる遥が映った。

「自分の気持ちだよ」

自分の、気持ち……。遥がなにを言いたいのか、なんとなく分かる。

私達四人の中では、恋愛感情を露《あら》わにすることはこれまで一度もなかった。誰が誰を好きとかそういうことをしてしまうと、なにかが壊れるのではないかと子供ながらいていたからだ。でもきっと、遥は気付いていたんだろう。というか、遥が気付いているということに、私も気付いていた。多分、もうずっと昔から。

「……ん、そうだよね」

答えになっていない言葉を漏らした後、夜空を見上げた。木々の隙間からは、小さな星達が煌《きらめ》いているのが見える。綺麗な空気だからこそ見える無数の星達を毎日のように見てきたけれど、飽きることは決してない。

「今日のキャンプが決まった日から、ずっと考えてたんだ」

空を仰ぎながら私がそう言うと、遥も同じように視線を上げて、「うん」と小さく相槌《あいづち》を打った。

「タイミングとかよく言うけどさ、それっていつなんだろうなって」

たとえば別々の道を進む前に自分の気持ちを打ち明けるということも一つのタイミングなのだろうけれど、考え方を変えれば〝逃げ〟のような気もする。今までみたいに毎日顔を合せる心配はないのだから、もしも気持ちが繋《つな》がらなかったとしても気まずくなることはないからだ。

「タイミングがいつかなんて、誰にも分からないでしょ。だって、結果的に上手くいけばいいタイミングだったなって思うんだろうし、ダメだったらタイミングが悪かったってなるんだから」

「確かに、そんなの分からないよね……」

遥の言葉を繰り返して呟いた私は、さっきまで間近に見ていた彼の顔を思い浮かべる。気付けばいつの間にか彼の姿を目で追うようになっていて、そして彼にだけ抱く特別な感情、〝好き〟という気持ちが芽生えていた。環境が大きく変わってしまう前に今言うべきなのか、それとも相手の気持ちが分かった時点で言うべきか。

「なんでもそうだけどさ、言いたい時に言えばいいんだよ。言わなきゃ後悔するよ。ていうか、それを教えてくれたのはあかりじゃん」

「え？　私？」

「そうだよ。進路のことで悩んでた時に、あかりが私に教えてくれたんだよ」

『まだ言ってないの？』

『……うん』

市内にある高校から電車で帰っている私達。最初はつり革に掴まって立っていたけれど、森美駅に近付くにつれて車内は空《す》いてくる。あと二駅というところで私達は椅子に座った。

『どうして？』

『だって、絶対反対されるもん。親に反対されたら私、諦めちゃいそうで』

長い髪で顔を隠すように俯いた遥。遥が言えないと言っているのは、進路のことだった。モデルになりたいという夢がある遥は、もっと自分を磨くために東京にある美容の専門学校に行きたいと思っている。一人暮らしをすることになるわけで、それには親の賛成は必須だ。でも遥は、いまだに親に進路のことを話していない。

『でもさ、進路希望の提出って明日までだし、言わなきゃ』

『分かってる。でも……』

反対されるのが怖いという気持ちも分かる。でも言わなければ夢への一歩を踏み出すことさえ出来ないんだ。

森美駅に着いたところで、私は遥の腕を掴んで立ち上がった。

『今から一緒に行こう。怖いなら、私も一緒に説得してあげるから』

『え？　だけど……』

電車を降りてホームに立つと、私よりも背の高い遥の顔を見つめた。

『いつもはなんでもハッキリ言える遥だけど、自分のこととなるとちょっと臆病になるよね。でも大丈夫だよ。おじさんもおばさんも、遥の熱意が伝わればきっと分かってくれる。このまま言わずに諦めちゃっていいの？』

『あかり……』

『本当は、言わなきゃ後悔するって分かってるんでしょ？　だったら言おう。私、遥には絶対に夢を叶えてほしいから』

『……分かった。親にちゃんと話すよ』

駅から自転車で遥の家に向かい、私は制服のまま遥の家に入るとそのまま二階に上がった。

『お帰り。ぉぉ、あかりちゃん』

広いリビングに入ると茶色い大きなソファにはおじさんが座っていて、湯飲みを片手に持ったまま私達に視線を向けた。畑仕事の合間に休憩しているようだった。

『お帰り』

キッチンからおばさんの声が聞えた。遥は緊張しているのか、顔が強張《こわば》っている。

私はそんな遥の背中にそっと手を当てた。

『あ、ただいま。あのさ、お父さんお母さん……ちょっと話があるんだけど』

こんなに緊張している遥を見ることはまず無い。おばさんは流しの水を止め、ジュースを二つ持ってリビングに来た。

『なに?』

おばさんがテーブルにジュースを置くと、遥はカチコチに固くなった体を動かしておじさんの向かい側に座る。それを見たおばさんもおじさんの隣に座った。私は遥の隣に腰かける。

『話ってなんだ？』

おじさんがそう聞くと、遥は一度小さく息を吸い込み、そして両親に向かって自分の気持ちを話し始めた。

『進路のことなんだけど、私……モデルになりたいの』

『モデル？』

おじさんは眉をひそめ、驚いたように声を上げた。遥がお洒落が好きだということは知っていただろうけれど、モデルになりたいという夢はきっと初耳だったのだろう。

『モデルになるために、化粧の仕方とか肌のこととかファッションとか、もっと沢山学びたくて。だから……東京の美容専門学校に行きたいの！』

膝の上に置いた手をグッと握り締め、頭を下げた遥。しばらく沈黙が続いた後、おばさんが先に口を開いた。

『あのね遥、東京に行ったからってモデルになれるわけじゃないのよ？　それに、もしもモデルになれたとしても、本当に活躍出来るのはきっと一握りだけだと思う。そういう世界のことはよく分からないけど、簡単じゃないと思う』

『分かってる。でも、モデルになることは小さい頃からの私の夢なの、だから……』

『ダメだ』

『……え？』

おじさんは腕を組んだまま遥を見つめ、低い声でそう言った。

『勉強しに東京に行きたいと言うならまだしも、モデルになりたいなんて。そんな理由で上京させるわけにはいかない。絶対にダメだ』

遥のお父さんは普段はとても優しいけれど、今目の前にいるおじさんはとても厳しい口調で遥の決意を一刀両断した。

すっかり怖気《おじけ》付いてしまったのか、遥は俯いたまま顔を上げようとしなかった。だから私は、言わなければいけないと思った。大好きな遥のために、遥の夢を応援するために。おじさんに分かってもらえないまま諦めてしまったら、絶対に後で後悔する。遥も、私も……。

『あ、あの！ すみません、私が口を挟むべきことじゃないかもしれないけど、でも言わせて下さい』

大きな声を出して勢いよく立ち上がった私を、おじさんもばさんも呆気にとられたように見上げている。

『は、遥は、決して中途半端な気持ちとか、なんとなくでモデルになりたいと言ってるわけじゃありません。側で見ていた私だからこそ分かるんです。ずっとずっと前から、モデルになることは遥の夢でした』

横に座っている遥にチラッと視線を向けると、遥も驚いたように口を開けて私を見ていた。

『遥は優しいから、親に話すのをためらっていました。話せば反対されるかもしれない、心配させるかもしれないって。でも、だからってそこで諦めてしまったら絶対に後悔するから、だから私が遥に言ったんです。ちゃんと親に話して分かってもらおうって』

一度ふーっと深呼吸をした私は、再び言葉を続けた。

『勉強しに東京に行くならまだしもってさっきおじさんは言ったけど、モデルになるのにも勉強は必要だと思います。体形を維持するのも大変だし、怠けていてなれるような簡単なものじゃない。遥は自分の夢のために、きっと必死になって勉強すると思います。目標もなく東京に行くわけじゃありません』

『でもね、あかりちゃん、モデルで食べて行くのは本当に大変だと思うんだ。おじさんは父親だから、夢だけではやっていけないと遥に教えなければいけない』

真剣な眼差《まなざ》しを私に向けて言ったおじさんの言葉も、よく分かる。でも、このまま遥の夢が終わってしまったら……。

『モデルで食べていけるかどうかなんて、私にも分かりません。だけど、夢に向かって頑張ることを遥から奪わないで下さい！　遥が大好きだから、たとえ夢が叶わなかったとしても、遥には出来ることを最後まで精一杯やってほしいんです。だから……』

いつの間にか私の目からは涙が溢れていて、言葉に詰まってしまった。そのまま私が遥の両親に向かって頭を下げると、隣にいた遥が立ち上がった。

『夢を叶えるために、勉強したいの！　遊びに行くわけじゃない。夢のためにバイトもして必死に頑張って、絶対に夢を叶えたいんです！　ていうか……叶えるから！』

深く頭を下げた遥。握った拳は僅《わず》かに震えていた。親に話せなくて悩んでいた遥が、勇気を出して自分の気持ちをぶつけた瞬間だった。

「あの時あかりが言わなきゃ後悔するって言ってくれたから、私のために親に頭を下げてくれたから、私は勇気を出せた。必死に説得して、分かってもらえたんだ」

「私じゃないよ。遥の強い気持ちがちゃんと両親に届いたんだよ」

するとと遥が体ごと私の方に向き直り、膝の上にのせていた私の手に自分の手を重ねた。

「私はあかりが大好き。あかりはみんなに優しさと勇気をくれる存在で、私もその優しさと勇気をもらった一人なの。だから単に親友だからとか幼馴染みだからとかじゃなくて、一人の人として、川瀬あかりを大切に思ってる。それは、これからも変わらないよ。もしこれからあかりが立ち止まったり悩んだりした時は、どこにいたって駆け付けるから」

昔から変わらない大きな瞳は、暗闇の中で輝いて見えるくらい綺麗で、遥の嘘の無い言葉は真っ直ぐ私の胸に届いた。卒業式まで我慢しようと思っていたのに、遥の温かさが私の涙腺を弱らせる。

「ありがとう……。私も、私も遥が大好き。遥がどこにいたって、私はずっと遥を応援してるから」

本当はもっと沢山言いたいことはあるけれど、涙で上手く言葉が出ない。卒業式の日に、私もちゃんと伝えよう。真人にも、そうちゃんにも……。

「いつまで喋ってんだよ」

うしろから聞こえてきた声に驚き二人同時に振り返ると、腕を組んで見下ろしているそうちゃんが、私達が座っている一段上にしゃがみ込んだ。

「遥。そろそろ俺と交代な」

そう言うと、遥は「はいはい」と言って立ち上がり、私の頭をぽんぽんと優しく叩いてから階段を上って行った。

「え？　交代？」

キョトンとしながら小さくなっていく遥の背中を見つめていると、そうちゃんは私の腕を掴んで立ち上がらせた。

「見せたい物があるんだ。一緒に来て」

「あっ、うん。いいけど……」

階段を上がると、テントの中で本を読んでいる真人の姿がチラッと見えた。先に戻った遥はテントの前に立ち、満面の笑顔で私に向かって手を振っている。よく分からないけれど、私も手を振り返した。

神社は山の中腹よりも少し上にあって、更に上へ行く階段を上り始めたそうちゃん。

「暗いから気を付けろよ」

「……うん」

戸惑いながらもただ付いて行くことしか出来ない私は、腕を掴まれたままゆっくり階段を上った。

暗くて何段上がったか分からないけれど、そうちゃんが急に立ち止まった。止まると思っていなかった私は、そのまま勢いよくそうちゃんの背中に顔を激突させる。

「あいたた……。どうしたの？」

ぶつかってジンジンしている鼻を押さえながら前を覗き込むと、看板が立っているのが見えた。道路工事や通行止めなどによく使う黄色い看板がここに置かれていることは、昔から知っていた。どれくらい昔なのかは分からないけれど、以前は頂上まで上れたらしい。雨で地盤が何度も何度も緩んだ結果、私達が神社で遊ぶようになった頃には既にここより先は立ち入り禁止となっていた。だからずっと森美町に住んでいる私達でさえ、一度もこの上に上ったことはない。

「悟朗さんは子供の頃この先に行ったことがあるって知ってるか？」

「え？　そうなの？」

「あぁ、前に話した時に言ってたんだ。『頂上から見る景色は今でも忘れられない』って」

「へぇー、いいなー。私も一度くらい上ってみたかった」

看板を見つめながら呟くと、私の腕を掴んでいたそうちゃんの手が離れ、今度は右手を握った。その瞬間、心臓が大きく揺れる。昔は遊びの中で何度も手を繋いだことがある。でも今は、その時とは明らかに違っていた。

「今日だけ、この先に上らせてもらおう」

「でも、入っちゃダメなんでしょ？」

「そうだけど、でも……今だけ、一度だけでいいから、上りたいんだ」

まだ見ぬその先を見上げながら、握っている手に力を込めたそうちゃん。私はそれ以上なにも言えなくなった。

今まで感じたことのない恥ずかしさと緊張に、自分がどこを見ているのかどうやって足を動かしているのか分からなくなる。手を握るという行為がこんなにも人を動揺させるだなんて、知らなかった。そうちゃんだからなのかな……。ドキドキと鳴りやまない心臓に心の中で問いかけてみても、返事が返ってくるはずがない。

「大丈夫か？」

「うん」

そうちゃんが時々立ち止まっては私の様子をうかがう、それを繰り返しながら私達は一段一段上って行った。そうちゃんが照らす携帯の灯《あか》りで足元だけは見えるけれど、神社まで続く階段とは様子が少し違う。誰も上らないからか、階段はあちこちから伸びている雑草に覆われていて石の部分がほとんど見えなくなっている。

「なーあかり」

「なに？」

「東京で一人暮らしなんて、本当に大丈夫かよ」

「突然どうしたの？」

東京の大学へ進学すると決めた時、そうちゃんは一度も反対なんてしなかったのに。どちらかと言えば応援してくれていたはずだ。

「そうちゃん？」

うしろからでは顔が見えないけれど、黙り込んでいるそうちゃんがどんな顔をしているのか気になった。聞いてきたのはそうちゃんなのに、なにも答えない。

だから私は普段はあまり言わないような冗談を言ってみた。

「もしかして、寂しいの？　私に会えないからって泣かないでよ」

きっと「泣くわけねーだろ」とか言われることを想像して。

「……そうかもな」

風や葉の音と混ざり、聞き間違えたのかと一瞬思った。

「……え？」

「いや、なんでもない。ほら、もうすぐだぞ」

すぐにいつもの明るい口調に戻ると、私の手をギュッと握る。

危ないからとずっと俯きながら階段を上っていたけれど、頂上が近いからなのか、上に向かうにつれて周りが少しずつ明るくなっているような気がした。

「見てみな」

そうちゃんの言葉に顔を上げると、木の葉で塞《ふさ》がれていたはずの頭上がいつの間にか開けていた。

「着いたな」

辿り着いた先には観光地の山の頂上のように写真を撮ったり休憩する場所なんてなくて、昔の名残《なごり》なのか、木の手すりに囲まれたこの場所は、人が五人くらい立っていられる狭いスペースがあるだけだ。当然周りには雑草が茂っている。

でも、そんなことはどうでもいいと思えた。空を仰ぎながらその場でゆっくり回ってみる。

三百六十度、どこを見ても……。

「綺麗……」

そう呟かずにはいられないほどの光景が広がっていた。

満月まであと一息という形の月は真上よりも少し低い位置にあって、私達に薄い明かりを与えてくれている。そして、その月明かりにも負けない光。赤、黄色、白と、真っ暗な空にまき散らした無数の宝石が、目を見張るほど鮮やかに煌いていた。

どうしてこんなにも胸が高鳴るんだろう。よく晴れた日の夜ならば、見上げればそこに星があるということは知っているのに。何度も何度も見てきたのに。今までで、一番高い所から見ているからなのだろうか。それとも、繋がれた右手のせい？

空の上で喜びのダンスをしているのか、はたまた旅立つ私達に最後のエールを送ってくれているのだろうか。輝く光をまといながら、瞬《また》き続ける星達。落ち着いて呼吸をしているつもりなのに胸の奥が熱くなって心が躍り、体が震え出すような感覚に陥ると、自然と涙が零《こぼ》れてきた。冷えた頬に伝う、一筋の涙。

「綺麗だな……。あかりと一緒に見られて良かった」

私も、私もだよ。そうちゃんと一緒にこの星空を見られて、良かった。ここに来なければ、こんな気持ちにはならなかったかもしれない。どうしようって迷っていたのが嘘みたいに、今、もの凄く伝えたいんだ。

いい意味でも悪い意味でも、今まで出会ったことのないタイプのあなたのことが、いつも気になっていた。どんなに無視されてもうざったいと思われても、私はあなたに笑ってこの町で過ごしてほしかったから。不愛想だったあなたが初めて笑ってくれた時の顔は、今でもこの胸に焼き付いている。だからね……心の中にある気持ちを、今まで言えなかった想いを、あなたに伝えたい。

「そうちゃん……私ね……――」

二人の長い一日

耳に届いたクラクションの音に、ビクッと体を震わせた。ゆっくりと瞼を動かすと、強烈な光を感じて再び目を閉じる。軽く目眩《めまい》がするほど強い日差し。今度は直接日光を浴びないように少し頭を下げて目を開けると、木で出来たベンチに腰かけている私の膝の上には、大学の合格祝いに買ってもらった薄いピンク色のショルダーバッグと、高校生の頃から履いている白いスニーカーが目に入ってきた。

足元の白っぽい砂から徐々に視線を上げると、ブランコをこいでいる女の子と、その背中を押している母親が目に映った。小さな公園の隅にあるベンチから子供達が遊んでいる様子をボーっと眺めていると、おもちゃの取り合いでもしたのだろうか、砂場で泣いている女の子の頭を撫でながら男の子がシャベルを差し出して必死に謝っている。滑り台では、滑ってくるところを男の子が反対に上ろうとしてお母さんに怒られていた。私はクスッと笑いながら辺りに視線を移す。

公園の中には何本か木が立っているけれど、左側の道路を挟んだ向かいの区画では何かの工事をしているようで、ショベルカーが大きな音を立てている。右側の広い道路沿いにはいくつかのビルが立ち並んでいて、多くの人や車が行き来している。うるさくて、耳を塞ぎたくなった。

森美町に比べると、都会の騒音は私には大き過ぎる。いつまで経っても慣れないし、人混みが怖いとさえ感じてしまう。一人じゃなかったら、みんながいたら、こんなにも不安になることはなかったのだろうか。

ふと空を見上げると、細かくちぎれたような雲がポツポツと浮かんでいる。

――私また、あの日の夢を見たんだ。

ここ最近、毎日のように同じ夢を見ている気がするけれど、いつも同じ場面で途切れてしまうのが悲しい。というか、私こんなところで寝てしまっていたんだ。

ハッとして慌ててバッグの中身を確認すると、財布に携帯、それにハンドタオル。取られた物はないと分かり、ホッと胸を撫で下ろす。

携帯を取り出すと電源が切れていることに気付いた。でも電源を入れたところで、着信もメールもＬＩＮＥも入っていない。

「九時半か……」

待ち受け画面にしている森美町の風景の上に浮かぶ日時を確認し、再びバッグの奥へと押し込んだ。

森美町と比べたら今いる場所は人の数が全く違うけれど、沢山人がいたところで誰も私を見ない。森美町では、会う人会う人が声をかけてくれてたな……。みんな頑張っているんだろうか。頑張ってるよね、きっと。

あれからまだ半年ほどしか経っていないのに、どうしちゃったんだろう。なんだか妙に感傷的になってしまう。おかしいな……大人になるにつれて時間の流れは早く感じるはずで、遥ともそんな話をしたことがある。でも、みんなと会えなくなってからの時間が、とてつもなく長い。今日はこれから……どうするんだっけ。

バッグの紐《ひも》を肩から下げて正面を向くと、公園の入口が見えた。なにも変わったところはない、普通の公園の入口。それなのに……。私の体が小刻みに震えたと思ったら、次の瞬間息が止まって体が硬直する。有り得ない……だって……。何度も瞬《まばた》きを繰り返す私の目に、そこにはいるはずのない人物が映っているから。

「どう……して……」

私の戸惑いなど少しも伝わらないんだろう。彼はこちらに向かって手を振り、「あかり!」、そう言って、笑った。

夢の続きを見ているんだろうか……。まるで水の中にいるみたいに風景が滲んで見える。私と彼だけが長いトンネルの中に入ってしまったかのように、全ての音が消えて辺りが静寂に包まれた。驚きと喜びの感情が複雑に絡まり、私はゆっくりと自分の両手を口元に当てた。徐々に近づいて来るその姿に胸が締め付けられ、両目からはいつの間にかはらはらと涙が零れ落ちている。

その白いTシャツは肌触りが良くて、いくら洗ってもよれないからお気に入りだって前に言っていた。ジーパンはみんなで東京に遊びに来た時に買った物で、これもお気に入り。斜めがけの紺色の鞄《かばん》も、何度見たか分からないくらいだ。柔らかいこげ茶色の髪の毛も、大きな瞳も笑った顔も、なにも変わっていない。半年で変わるとは思っていないけれど、でもなんだか、一瞬にしてあの頃に戻れたような気がして……。

「よー！」

手を振る彼に返事をしたいのに、言葉にならない小さな声が漏れるだけで、上手く声を出せない。

「なーに泣いてんだよ」

こんな状況なのに、変わらない軽い口調。なんでよ、どうしてそんなに普通でいられるの？　私はこんなにも驚いて、まだ夢を見ているのかと思うくらい、目の前にある現実が信じられないというのに。

「だって……、どうして……」

私の目の前に立った彼はポリポリと頭を掻きながら、なんだか少し照れたようにはにかんで見せた。

「なんとなく、会いたくなったから」

そう言って、ニッと微笑んだ。

そんなのは答えになっていない。そう思ったら、強張った体が少しだけ緩み、バクバクと激しく動いていた心臓が徐々に落ち着きを取り戻す。

「あっ、会いたくなったって……なにそれ、そんなの聞いてない」

「だって、言ってねぇもん」

「そうだけど、そういうことじゃなくて」

「会いたいから来た。それだけだ」

腕を組み、ちょっと自信ありげな表情で私を見下ろした。

そんなこと言うなんて、ずるいよ……。

「ずるいな……そうちゃんは」

私だってずっと会いたかった。多分そうちゃんよりも私の方が会いたかったに決まってる。私が感じている寂しさは、森美町に残ったそうちゃんには絶対に分からないはずだから。

「なんで怒ってんだよ。会いに来てやったのに」

「なによその言い方。別に会いに来てなんて……」

……言ってない。でも、会いたいと思ってた。

私を見下ろすそうちゃんから、足元に視線を移す。

「なんで……どうして一度も連絡くれなかったの？　遥も真人も新しい環境で忙しいだろうし、それは分かる。でもそうちゃんは連絡くれても良かったでしょ？　メールでもLINEでも、一行だけでもよかったのに」

「ごめん……」

顔を上げると今度はそうちゃんが目を伏せて呟いた。

責めるつもりはなかったのだけれど、そんな風に素直に謝られるとなにも言えなくなる。実際私に連絡をしなければいけないという決まりはないのだから、それで怒るのは筋違いだ。でもそうちゃんは、私がなにをしているのか気にならなかったのだろうか……。無言で向かい合っていると、そうちゃんが突然私の左腕を掴んだ。

「え？」

「行きたい所があるんだけど、一緒に来て」

前にも聞いたことのあるような台詞《せりふ》を言って私を立たせた後、くるっと前を向いて歩き出そうとしたので、私は左腕と足に力を込めた。

「待ってよ、どこに行くの？」

「だから言っただろ？　行きたい所だって」

「それって答えになってないと思うけど」

「そうか？　別に場所なんて言わなくていいだろ。付いて来ればわかるんだし」

そう言えばあの日も、そうちゃんは私に見せたい物があると言って私を連れ出した。

そして、あの光景を見せてくれて、それから……。

「とにかく行こうぜ！　どうせ暇なんだろ？」

「ど、どうせって！　まぁ……暇だけど」

「じゃー決まりな」

そうちゃんは嬉しそうに声を弾ませて歩き出すも、何故かすぐにピタリと足を止めた。そしてまた、あの時と同じように勢いでそうちゃんの背中にぶつかりそうになったけれど、今度は寸前でなんとか耐えた。

「どうしたの？」

うしろから問いかけると、振り返ったそうちゃんは「忘れてた」と言って私の左手を握る。俯いたり赤面したりと照れたような素振りはなく、私の目を見て、まるで手を握るのがあたり前かのごとく自然に。

あまりにも簡単に手を繋いでしまったけれど、感じる胸のドキドキは相変わらずだ。キュッと締め付けられる。久しぶりに会ったのに、やっぱり好きだなと思ってしまう。そうちゃんへの想いはあの頃となにも変わっていない。

気持ちを落ち着かせるようにバッグの紐を右手で強く握りながら公園を出ると、四車線の大通りに沿って歩き出した。車はひっきりなしに通るし、エンジン音や話し声、もはやなんの音かも分からないほど周りからは色んな音が聞こえてくる。でも、そうちゃんが隣にいてくれるだけで驚くほど安心出来て、都会の騒音も気にならないくらい心が落ち着く。どんな場所であろうと、そうちゃんが側にいてくれたら……。

「最初の目的地は近いんだけどな」

チラッとそうちゃんの横顔を見上げると、急にこちらに視線を向けられ慌てて前を向いた。

ちょっと待って、最初の目的地って？　疑問に思ってもう一度隣を見ると、そうちゃんは通りの反対側を指差していた。赤信号で立ち止まると、道路の反対側にあるのは昼間は歩行者天国になっている通りで、ここからでも人が溢れ返っているのが分かる。

「迷子になるなよ」

そう言って少しだけ握る手に力を入れたそうちゃん。またドキッと胸が高鳴ったけれど、私は平然を装ってなんでもないふりをする。

「それはこっちの台詞です！　ずっと森美町にいるそうちゃんの方が迷子になりそうで心配だよ」

「あのなー、俺は昔東京にいたんだぞ？」

「九歳まででしょ？　今じゃどっぷり田舎町に染まってるくせに」

最初はあれだけ森美町を田舎だと言って嫌悪感を露わにしていたはずなのに、卒業後もそうちゃんだけは森美町を離れるのを嫌がった。正直まさかここまでそうちゃんが森美町を好きになるとは思ってなかった、なんて言ったら怒るだろうか。初めは迷惑そうにしていたそうちゃんに、森美町のいいところを散々話して聞かせた張本人は私なのだから。

「渡るぞ」

信号を渡り人混みに向かって歩き出す。森美町を離れて約半年だけれど歩行者天国は初めてで、さすがにちょっと身構えてしまう。

「そんなに緊張しなくても、人の波に流されてはぐれちゃうほどの数じゃねーよ」

「べ、別に緊張なんてしてないもん」

「あっそ、ならいいけど」

そう言って結んだ唇に浮かべた笑みは、ちょっとだけ私をバカにしているかのようで悔しい。そうちゃんは昔から私をからかうのが好きで、そういう小学生みたいなところも全然変わっていない。でも、こうやってそうちゃんにからかわれることがなんだか懐かしくて、悔しいはずなのに何故か微笑んでしまう自分がいた。

歩行者天国に入ると、人は多いけれど確かに流されたり揉《も》みくちゃにされるほどではなかった。道路の両サイドには様々なお店がずらりと並んでいる。ファストフード店やお洒落なカフェはいくつもあって、ドラッグストアやゲームセンターなんかもある。

ちょうどゲームセンターの前を通る時ＵＦＯキャッチーが目に入ってきて、中にある白いぬいぐるみはなんだろうと思っていると、そうちゃんはそこで足を止めた。

「行きたいところって、ゲームセンター？」

「違うよ、この上」

上に向けた指先を辿ると、そこには大きな映画の看板が掲げられていた。

「映画館？」

「そう。これ見たかったんだよねー」

眩《まぶ》しそうに片手で日差しを遮りながら見上げている先には、夏に公開されたアニメの看板がある。

そう言えばお正月くらいに、そうちゃんがこの映画を見たいと話していたことを思い出した。今年の夏に公開されるという情報がメディアに流れてからしばらくは、『絶対見る！』って騒いでいたな。

「行こう」

「うん。っていうか、チケットは？」

「大丈夫だよ。事前に買っておいたから」

「そうだったんだ。ありがとう」

私と映画を見るために買っておいてくれてたのかな？　そうだとしたら嬉しい。

エレベーターで三階に上がると、映画館の扉は閉められていた。

「もう始まってるかも」

扉を開けると中は薄暗くて、正面にあるスクリーンには上映前の予告映像が流れていた。館内は昔みんなで東京に来た時に入ったショッピングモールにある映画館ほどの広さはないけれど、人の頭が沢山見える。満席とまではいかないにしても、中央の列はほぼ埋まっていて、この映画の人気がうかがえた。

「あそこが空いてる」

通路の灯りを頼りに歩き、スクリーンに向かって右端の上から二列目にある二人がけの席に座った。両端の席だと割と空席があるようだ。平日の昼間だからかもしれない。

席に座る時、繋いでいた手が自然と離れた。まだ残る温《ぬく》もりに少し寂しいと感じてしまったけれど、自分から繋ぐ勇気は私にはなかった。

「ギリギリ間に合ったね」

「ああ、よかった」

すぐに上映が始まると、通路側に座っているそうちゃんが私達の間にあるひじかけに手を置く。私はなんとなく、その手を見つめた。

「なーあかり」

視線は前を向いたまま私の方に顔を近付けてきて、小声で耳打ちをしてきた。

「手……繋ごう」

そう言ってそうちゃんは膝の上にあった私の手を握り、ひじかけにそっと置いた。どうしたんだろう。なんだか今日のそうちゃんは少し変だ。変な意味ではなくて、こうなったらいいなという私の気持ちを察してくれているかのような行動をしてくれる。

それに、スクリーンを真剣に見つめる彼の横顔が、半年前よりもなんだか大人びて見える。高い鼻筋も大きな口も目もなにも変わらないはずなのに、私よりも先に大人になってしまったような気がして少しだけ寂しさを感じてしまう。私はこんなにも、苦しいくらいに胸が締め付けられているというのに、そうちゃんはドキドキしないんだろうか。私の手に重なるそうちゃんの温かさを感じながら映画を見ていたけれど、約二時間、胸の鼓動は最後まで治まることはなかった。

映画が終わりエンドロールが流れると、すぐにそうちゃんが立ち上がった。その手に引っ張られるようにして私も立ち上がる。

「もう行くの？」

「うん。他にも行きたいところあるし」

館内はまだ薄暗いままだけれど、私達は一番に映画館を出た。そう言えばここに来る前『最初の目的地』って言っていたな。あとはどこに行きたいんだろう。

映画館のビルを出ると、さっきまで暗い中にいたからか日差しがより一層眩しく感じる。九月に入っているというのにまだまだ夏の暑さを引きずっていて、更に今日は晴天だからか気温も八月とそう変わらなそうだ。

「次はどこに行くの？」

多分ちゃんと答えてはくれないだろうと分かってはいたけれど、とりあえず聞いてみた。

「内緒」

案の定やっぱり答えてくれない。でもそうなると、このままなにも知らずに付いて行くのも楽しいかもしれないと思えてきた。

歩き始めて再びＵＦＯキャッチャーの前に来ると、やっぱりさっきのぬいぐるみが気になってしまった。白くてお餅みたいに丸くて、パッチリまん丸い目にピンク色の頬。動物でもないし、これは……なんのキャラクターなんだろう。

「なに？　ほしいの？」

「ううん、そうじゃなくて、見たことないし可愛いからなんか気になっちゃって。なんかの妖精かな……」

「妖精か。あかりらしい発想だな」

「え？」

「この妖精が出てくる小説とか、書けそうじゃん」

その瞬間、ぬいぐるみから手元にあるクレーンを操作するためのボタンに視線を移した。

「書けないよ。お餅の妖精が出てくる小説なんかないでしょ？」

「ないけどさ、そこを考えるのがあかりの想像力だろ？」

顔を上げるとUFOキャッチャーの奥は鏡になっていて、そこに二人が映っている。

私よりも頭一つ分背の高いそうちゃんは、とても大人に見える。昔はただの悪戯好きでやんちゃな子供だったのに。その隣にいる私は、大人になったとは言えないな。

真っ直ぐな黒髪も人によっては大人っぽく見えるはずなのに、切り揃えられた前髪がいけないのかも。今日は細身のジーパンに薄い水色のサマーニットという着なれた服を着ている。動きやすい服装が好きだけれど、もう少し色気があった方がいいのかな。

大人になりたいとは思わないけれど、このままじゃどんどん大人びていくそうちゃんに子供っぽく見られてしまいそうで少し不安だ。

軽くため息をついてそうちゃんの方を向く。

「無理だよ。お餅の妖精の話なんて思い付かない。それに、最近はなにもアイデアが浮かばないんだ」

「そっか、まぁそのうちなんか浮かぶだろ」

「ん……、そうだね」

本当はあれから一度も書いていないなんて、そうちゃんには言えない。私が小説を書くことを一番喜んでくれていたのはそうちゃんだったし、あの日もそうちゃんは、私に絶対に小説家にならなきゃダメだと言っていた。書けないって知ったら、ガッカリするかな……。

「ほら、次行くぞ」

私の背中をポンと叩き、また手を握って歩き出した。

「実は次はここなんだ」

ほんの五メートルくらい先に進んだところには、何人かが列を作っていた。行列とまではいかないけれど、五、六人ほど並んでいるようだ。列の先を見ると、『クレープ』の文字が見えた。どうりで甘い香りが漂っているわけだ。女子の本能をくすぐるような、クレープの甘い香り。

「クレープ食べるってこと？」

「そう！　こういうところのクレープ食べながら、都会の街を歩いてみたかったんだよな〜」

あれだけ東京に住んでいたとか言っていたのに、発想が完全に田舎者だということに気付いていないみたいだ。目をキラキラさせながらメニュー表を眺めている。

「んー今日は暑いし、やっぱアイス入りかな」

「そうちゃんはどうせバナナでしょ？」

「そう言うあかりだって、どうせイチゴだろ？」

お互いの好きな果物を知っている私達は、目を合わせてくすりと笑った。

「バナナチョコアイスに、イチゴチョコアイスお願いします」

受け取ったクレープからは、零れんばかりの生クリームにバニラアイス。その脇にそれぞれイチゴとバナナがのせられている。道の端に寄り、ピンクの紙で巻かれたクレープを同時に一口食べた。

「美味しい！」

「うんめーな！」

お互いの声がシンクロし、思わず頬が緩む。甘いクレープを二人で食べているだけなのに、最高に幸せな気分だ。

そしてその場で半分くらい食べたところでゆっくり歩き出した。今まで食べたことがないわけではないのに、こんなに美味しかっただろうかと不思議に思うくらい本当に美味しい。何度も美味しいと言いながら時々顔を見合わせて笑顔になって、そうやってそうちゃんと歩きながら食べるクレープの味は格別だった。

「はぁ～、やっぱ美味《うま》かったな。甘すぎないクリームがちょうどいいし、バナナとアイスの相性はやっぱ完璧。都会でクレープ、最高だ！」

私よりも先に食べ終えたそうちゃんは残った紙を小さくたたみながら、少々大袈裟《おおげさ》なほどクレープをべた褒めしている。

「ほんと、美味しかったね。いつから都会でクレープ食べたいって思ってたの？」

「いつだったかな。多分小学生の頃からかな」

「そんなに昔から⁉　でも確か高校一年の時に四人で東京来た時もクレープ屋見かけたよね？　その時は食べたいなんて言わなかったじゃん」

「あん時は四人だったろ？　だから……」

言葉の続きを聞こうと「ん？」と言ってそうちゃんの顔を覗き込むと、はにかみながら手の中にある小さくなった紙と私、交互に目線を向けている。

「どうしたの？」

「だ、だから、四人じゃなくて……あかりと二人で食べたかったんだ」

噛み締めた唇に薄《う》っすら笑みを浮かべて、照れたように目を伏せた。手を繋ぐ時はあんなに自然で表情も変わらなかったのに、急にそんな態度を取られたらこっちだって恥ずかしくなってしまう。人混みを掻き分けるようにして歩く私達の間に、急に沈黙が訪れる。私が恥ずかしがるなら分かるけれど、そうちゃんまでそんな風に耳を赤くするなんて全くの予想外だ。

「あ……えっと、次は、どこに行くの？」

なんとかこの微妙に漂う照れた空気を誤魔化そうと、そうちゃんに話を振った。

「だから内緒だって」

そして返ってくる答えはやっぱり予想通り。

さっきの公園まで来ると、公園の前に置いている自転車にそうちゃんが手を置いた。

「これって？」

「自転車だけど」

「それは見れば分かるよ」

カゴの付いた茶色いママチャリに鍵を挿したそうちゃん。中学の頃からずっと乗っていたそうちゃんのお気に入りの自転車は白だったし、この自転車に乗っているそうちゃんは見たことがない。

そもそも森美町から来たはずのそうちゃんがどうして自転車を持っているんだろう。まさか森美町から乗ってきたなんてことはないだろうけれど……。

「どうしてここに自転車があるの？」

「乗って来たからに決まってるだろ」

「え!?　嘘でしょ？　車でだって四時間以上はかかるのに」

真面目に聞いているのに、自転車に手をのせながら小刻みに肩を揺らしているそうちゃん。

「もしかして、からかってる？」

口を尖らせてそうちゃんを睨むと、我慢していたのか、プッと噴き出して自転車にまたがった。

「バレたか！　普通にレンタルサイクルで借りたんだよ。移動する時自転車の方が楽だからな。ほらさっさと乗れよ、次の目的地に向かうぞ」

またそうちゃんにからかわれた。頬をプッと膨らませたまま、うしろに座ると、そうちゃんは勢いよくペダルをこぎ出す。

「そうだ、二人乗り！　こんな都会で二人乗りしたら警察に止められるよ！」

周りの騒音と風の音に負けないように、少し大き目の声を出した。

「大丈夫だよ。警察がいたら素早く方向転換するし」

「いやいや、そういう問題じゃないよ！」

「いいから、細かいことは気にしないでしっかり掴まってろ」

そう言って、腰にそっと添えている私の手に触れた。私は緊張しながらも、添えていただけの手を少しずつ少しずつそうちゃんの腰に回した。

なるべく人が多くない道を選んでいるからか自転車はすいすいと進むし、歩いている時は感じられなかった風が頬を撫で、歩いている時よりも涼しさを感じることが出来てとても気持ちがいい。二人乗りはいけないことだと分かっているけれど、今日だけ、今だけは……どうか許して下さい。

随分長く走っていたようだけれど、どれくらい時間が経過したのかは分からない。気付くと一番高いところにあった太陽が徐々に傾き始めていた。周りを見ても特別感動するような景色に出会えるわけではないからと、私はずっとそうちゃんの背中を見つめていた。特別な景色なんかいらない。そうちゃんの背中を見ていられるだけで、私は幸せだから。

腰に回した手に力を入れると、自転車がゆっくりと止まった。

「着いたぞ」

着くまではどこに向かっていたのか見当も付かなかったけれど、自転車を降りた途端、真っ先に頭上を仰ぎ見る。

「ここ……私も来てみたかった場所だ」

網目のように見える高いタワーの上には展望台。写真やテレビでは何度も見たけれど、実物を見たのはこれが初めてだった。文字通り、都会にそびえ立つ大きな木のようで、感動で言葉が出ない。

「スカイツリー、見たかったんだ。マジで凄いな」

瞳を輝かせ息を弾ませながら、空に向かって高く伸びるその姿を眺めている。

スカイツリーが建つというニュースを見たのは、私達が小学生だった頃。完成図のような物をテレビで見ていたけれど、未来の建物を目にしている気がしてワクワクしたのを覚えている。もしかしたらあの頃からそうちゃんは、スカイツリーに上りたいと思っていたのかもしれない。私も展望台からの景色を見てみたいと思ってはいたけれど、まさかその瞬間が今訪れるなんて思いもよらなかった。

薄々気が付いていたけれど、せっかく東京に来たのだから東京でやりたいと思っていたことを今日一日で全部やろうとしているのかも。それならそうと事前に連絡くらいくれてもよかったのに。でもいきなり現れて驚かすというのは、そうちゃんらしいけれど。

「こんなのが建つなんて、ほんと凄いよな」

「うん、凄いね」

「スカイツリーが出来るって知った時からずっと、あかりと一緒に上れたらいいなって思ってたんだ」

「私もだよ……」

スカイツリーを見上げているそうちゃんの横顔は、小学生の頃にスカイツリーのニュースを食い入るように見ていた時と同じ顔をしていた。

しばらく二人で下からの眺めを堪能した後、早速中へと入って行った。

開業当時は長い行列が出来たり、展望台への入場制限がかかるのも珍しくないくらい混雑している様子をニュースやネットなどで見たことがあるけれど、今はだいぶ落ち着いたのか、すんなり中へと入ることが出来た。

　エレベーターを待っている間、緊張で手に汗が滲む。繋いでいる手から汗をかいていることが伝わってしまうような気がして、少し恥ずかしくなった。でもエレベーターが開くと、そんなことも忘れて期待に胸が膨らんだ。

　これは本当にエレベーターなのだろうか。一番最初に中へ入った私の目には、金色に輝く綺麗な屏風が映る。この乗り物だけでも一つのアトラクションのように思えてしまう。エレベーターは他にも三つあったけれど、どれも違うのだろうか。キラキラと光るその内装に目を奪われていると、僅か五十秒ほどで三百五十メートル上の展望デッキへと到着した。

「凄い……」

　エレベーターを降りた私は、思わずそう呟いた。

　一面に広がるガラス窓からは、都会の景色が一望出来る。大きなビルに囲まれている都会はとても狭く感じていたのに、ここからだとまるで雲の上から眺めているような感覚になり、都会の息苦しさから解放された気持ちになった。

「なんかさ、ここからだと森美町まで見えるような気がしない？」

「さすがに見えないだろ」

「分かってるけど、見えたらいいなって、ちょっと思っただけだよ」

三百六十度どこから見ても森美町は見えないけれど、もしもここから見ることが出来たのなら、私はこの都会にいてもやっていけるような気がした。寂しくなったらここに上って、遠くに見える森美町を眺める。そうすればきっと、また頑張ろうって思えるはずだから。

「そう言えばそうちゃんは、どうして私に会いに来ようって思ったの？」

ガラスに手を当て、景色を眺めながら隣にいるそうちゃんに問いかけた。

「言っただろ？　会いたくなったからだって」

「それじゃー、今までは会いたいと思わなかったってこと？」

私は会いたかった。多分ずっと前から、遥にも真人にも会いたいと思っていた。いつからなのかは分からないけれど、大切な物を失った時のように、ずっと胸の中にぽかんと穴が空いていた気がする。今だってそうちゃんが隣にいて、映画も楽しくてクレープも美味しくて、自転車に乗っている時も幸せで、スカイツリーにも一緒に上れて嬉しいはず。それなのに心には隙間風が吹いていて、なぜか寂しさばかりが押し寄せてくる。

「今までも会いたかったに決まってるだろ。でも……」

「ご、ごめん、責めるつもりはなかったんだ。なんでもないから気にしないで」

悲しげに曇るそうちゃんの表情を見て、私は慌てて笑顔を作った。せっかく会えたのに、私がこんな気持ちでいたらそうちゃんまで悲しい気分にさせてしまう。

「なぁ、あかり」

「ん？」

「あかりが初めて俺に小説をくれた時のこと、覚えてるか？」

「え？　うん、覚えてるよ。でもあれは小説とは言えないよ。書きたいことを自由に書いただけの作文みたいなものだし」

転校して来たそうちゃんは誰にも心を開かずいつも難しい顔をしていて、話しかけてもほとんどなにも答えてくれなかった。そのためクラスにも森美町にも馴染めず、二週間ほど経過した頃には完全に浮いた存在になっていた。

そしてある日、私達三人は悟朗さんからそうちゃんの話を聞かされたんだ。

『颯太君には事情があって、お父さんお母さんがいないんだ。だからお祖母ちゃんと暮らすために森美町に転校して来た。お前らに冷たい態度を取っているかもしれないけど、それは颯太君のせいじゃない。きっと寂しいんだ。お前らなら分かってやれるよな？』

どうしてお父さんとお母さんがいないのかは分からないし、それを聞こうとも思わなかった。けれどその話を聞いた時、凄く寂しい気持ちになって、そうちゃんと仲良くなりたいと強く思ったんだ。

「あれは立派な小説だよ。マジで、丸暗記するくらい何度も読んだからな」

「そんなに読んだの？　恥ずかしいなぁ」

私を見て微笑むそうちゃんの言葉に、ひどく照れくさい気持ちになった。自分ではもうなにを書いたのかはあまり覚えていない。というのも、あれはそうちゃんにプレゼントしたから。ただ色んなことを伝えたくて、心を込めて子供ながらに一生懸命書いたことだけは覚えている。

「今から言うから、ちゃんと聞いてろよ」

「え？」

戸惑う私をよそに、そうちゃんは目の前に広がる都会のパノラマを眺めながら口を開き、記憶の中にある文章をゆっくりと読み上げた。

＊＊＊

新しいお友達が森美町にやってきた。塚原颯太君。東京から来たんだって。黒いTシャツがなんかオシャレに見える。仲良くなれるかな。きっと仲良くなれるよね。

だけど颯太君は、いつもおこってる。おはようって話しかけても答えてくれなくて、休み時間に遊ぼうって言ってもむしされる。どうしておこってるんだろう。なんかいやなことでもあったのかな？　いなかには住めないって言ってたけど、森美町がいやなのかなー。

そうだ、いいことを思いついた。颯太君に教えてあげればいいんだ。私のお友達と森美町のことを。

次の日私はいやがる颯太君をむりやりつれて、となりの家にやってきた。ここに住んでいるのは私の大好きなお友達で、橘遥っていうの。生まれた時からずっとおとなり同士。遥は目が大きくて、クルクルの髪の毛がお姫様みたいでかわいいでしょ？　でもね、こう見えて遥はすごくかっぱつで、女子の中で一番運動が出来る。それに思ったことをハッキリ言えて、うそをつかないとってもいい子なんだ。

颯太君は思ったことハッキリ言えるタイプ？　転校して来た日にあんなふうにハッキリ自分の気持ちを言っていたから、颯太君は遥とにてるかもよ。

運動は得意？　体育の授業ではとび箱六段よゆうで飛んでたよね？　みんなにはく手されてちょっと得意げな顔になってたの、私見てたよ。あの時ほんの少しだけ本当の颯太君の顔を見られたような気がして、うれしかったな。

はい、じゃー遥とあく手して。おたがい言いたいことを言い合える友達になれると思うよ。

遥とバイバイしたあと、次はそのとなりの家にやって来た。ここは白石真人の家。目が悪くてメガネをかけているのは勉強のやりすぎじゃなくて、生まれつき目が悪いんだって。

あ、でも真人はすっごく頭がいいんだよ。テストはいつも百点なの！　優しくてまじめで、だけどね、ちょっと大人しい。大人しいのは悪いことじゃないんだけど、真人はそれをすごく気にしているんだ。本当はみんなと楽しくおしゃべりして、休み時間のサッカーにも入れてほしいと思ってる。変わりたいって前に私達に話してくれたから。

でも、きんちょうしちゃうんだって。上手く言葉が出ないの。私と遥は真人のそういうところも個性だねって言ってるんだけどさ、転校生の颯太君が真人と仲良くなってくれたらなーってちょっと思う。多分性格は正反対な気がするけど、真人には颯太君みたいな友達が必要だって私は思うんだ。颯太君のそばにいたら、きっと真人は変われる。

ほら真人、こわがらないで手を出して、颯太君も！　あく手したら、もう友達なんだからね。

それから私は颯太君をつれて、森美町をぶらぶら散歩した。ムスッとしている颯太君に、私が一方的に話しかけながら。

はい、ここが森美神社です！

神社の下に着くと、鳥居に向かって両手を開いて見せた。放課後は三人でここに集まって遊ぶことが多いんだ。真人はまず神社の石段に座って宿題をして、私と遥は絵をかいたりおしゃべりをしてるの。神社は木がいっぱいでちょっと暗いけど、私達の遊び場所だから、颯太君も入れてあげる！

どうして毎日怒ってるのか分かんないけど、私は颯太君の笑ってる顔が見たい。口も目も大きいし、笑ったらイケメンになるかもよ？

森美町にはまだまだいいところや楽しい人がいっぱいいるんだ。だがし屋のうめばあさんとか悟朗おじさんとか、今度しょうかいするから。颯太君が笑ってくれるまで、私はしつこくさそうからね！　いやだって言ったって、もう決めたの。おはようって返してくれるまで、私は言い続ける。

ねぇ颯太君。もし、もしもだよ、さみしいなーとか、なんか悲しいなって思った時は、いつでも私達を呼んでいいから。さみしい気持ちになった時はおこるんじゃなくて、泣けばいいんだよ。さみしい気持ちがなくなるまで、私がずっとおしゃべりしててあげるから。

だからね、はい。私ともあく手しよ。そうだ、これからはそうちゃんって呼ぶね。颯太だからそうちゃん。いいよね？

私の名前は、川瀬あかり。よろしくね、そうちゃん。

* * *

「これが、あかりが俺にくれた小説だよ。ちゃんと覚えてただろ？　この日から、あかりだけが俺のことをそうちゃんって呼ぶようになったんだよな」

おかしいな……自分で書いた、下手くそな作文みたいなものなのに、なんでか……涙が溢れてくる。泣くポイントなんて一つもないのに、昔を思い出したからなのかな……空から見下ろす小さなビル達が、涙で歪んで見える。

「ごめん……なんか、自分が書いたのに泣くなんて変だよね」

「別に変じゃないだろ。なにか心に響くものがあった、だから涙が出たんじゃないのか？」

バッグからハンドタオルを取り出し、涙を拭いながら首を横に振った。

「そういうわけじゃないよ。今聞いても下手だなって思うのに、どうして泣いちゃうんだろう……」

言葉に詰まって俯くと、そうちゃんが私の頭をポンポンと優しく叩いた。

「あかりが俺にくれたこの小説を家に帰ってからも読んで、その次の日も読んで。そうすると不思議なことに、段々こいつらの中に入ってみたいと思うようになっていったんだ」

驚いて顔を上げた私に、そうちゃんは優しい眼差しを向けた。色を変えていく空のオレンジが、窓越しにそうちゃんを照らしている。

「俺も、こいつらといたら楽しいのかな。寂しくなくなるのかもって。だからあの日、俺はクラスメイトにからかわれている真人に思っていることを言ったんだ」

「そうだったの？」

更に驚いて目を見開くと、そうちゃんは唇の端を上げて微笑んだ。

「あかりが書いてくれた小説みたいに仲良くなれるかもって、あの時少しだけ思った。体を震わせて悔しいという気持ちを露わにした真人を見て、こいつも俺と一緒で心の中になにか溜め込んでるんだなって思ったから」

そうか、だからあの日今まで誰とも喋らなかったそうちゃんが、自分から真人に話しかけたんだ。

「俺が真人と仲良くなれたのも、心にあった黒い陰が薄れていったのも、全部あのあかりの小説があったからなんだ。あかりが書いた色んな小説を読めば読むほど、俺の心は少しずつ晴れていって……」

「そんな、大袈裟だよ……」

「大袈裟なんかじゃない。本当だ」

真っ直ぐ向けられた視線が、今の私には痛い。

「だからあかりには、本当に小説家になってほしいって思ってる」

やっぱり、書けないなんて言えない。なにも浮かばなくて……ううん、違う。浮かぶのは全部、森美町にいた頃の楽しい思い出ばかりなんだ。四人一緒に過ごした出来事ばかりが、私の頭の中で物語を作っていく。新しい物語は、なにも浮かばない……。

「ごめんね、そうちゃん……」

「なんで謝るんだよ。それより次行こう、もうあんまり時間もないし」

そうちゃんは唇を噛み、遠い目をして窓の外を見つめた後、私の手を握った。


スカイツリーを出ると、空はすっかり夕暮れの色に変わっていた。吹く風もいつの間にか僅かに涼しさを含んでいる。次はどこに行くの？　とはもう聞かないことにした。どうせ答えは同じだし、どこに向かうのか聞かない方が楽しみも倍になる。

「そうだ、これ」

自転車置き場に着いたところで、そうちゃんは鞄からなにかを取り出した。

「季節の変わり目は気温の差も激しいからな」

そう言って私に差し出したのは、高校の頃にそうちゃんが着ていた薄手のグレーのカーディガンだった。

「ありがとう。なんだか懐かしいね」

袖を通すと、体が優しさに包まれたみたいに温かな気持ちになる。

「よし、じゃー出発」

行く先の分からない自転車の旅に、胸が躍る。けれどそれと同時に、今日が終わってしまうことへの不安が心の中に湧いてくるのを感じていた。

「寒くないか？」

「うん、平気」

カーディガンに身を包んだ私は、自分のおでこをそうちゃんの背中にピタッと付けた。自転車の揺れに体を委ね、そっと目を閉じる。

そうちゃんはさっき、全部私の小説のおかげだって言ったけれど、それは違う。あの小説を書いたのは、私の大好きな人達と大好きな場所を少しでも知ってもらいたかったからで、そうちゃんの気持ちを動かしたいとか、そんな大それたことは考えてなかった。だから森美町を好きになったのも私達と仲良くなったのも、そうちゃん自身が自分の寂しさと向き合った結果なんだ。

　仲良くなってから教えてくれたご両親のこと。母親はまだ小さかったそうちゃんを置いて家を出てしまい、父親と暮らしていたけれど、その父親も病気で亡くなってしまった。必死に涙を堪《こら》え、声を震わせながら話してくれたそうちゃんの寂しさは、きっと計り知れないほど深いものだっただろう。だから、心を開かず常に怒っていることで気持ちを保っていたのだろうけれど、それでは辛いだけだと気付く強さが、そうちゃんにはあった。私には決して真似出来ない心の強さが。

　それに、大切なものをもらったのは、私の方なんだ。私はそうちゃんから夢と、誰かを想う気持ちをもらった。

　転校してきた日から毎日みんなが話しかけていたのに、そうちゃんはムスッと口を曲げたまま目も合わそうとしなかった。そのうちにみんな話しかけるのを諦めたけれど、私は諦めなかった。いくらうざったいと思われようと、無視されようと、学校の中でも帰り道でもしつこく付いて回った。

　そのうち少しずつ、『話しかけんな』『付いて来んな』『用がないなら向こう行け』『こんなところに住んでて本当に楽しいのかよ』『言いたいことあるならハッキリ言えよ』と言葉を返してくれるようになった。とても乱暴な言葉だけれど、私は気付いていたんだ。私の言葉にちゃんと耳を傾けてくれて、だんだん返す言葉も心のあるものになってきていることに。

だから私は、神社に続く階段に並んで座って、小説を見せた。友達と森美町を紹介する意味も込めて。自分が書いた物語を人に見せたのは、あの時が初めてだった。『とりあえずお願いだから読んでみて』と言って渡したけれど、内心ドキドキしていたこと、そうちゃんはきっと知らない。面白くないとか、だからなに？って言われたらどうしようとかそういうことばかり考えてしまって、怖くて仕方がなかった。

便箋に書いた物語を読んでいるそうちゃんの横顔を、私はそんな不安に駆られながら見ていたんだ。けれど読み進めていくにつれ、眉間に寄っていたしわが徐々に無くなり、その横顔がとても穏やかな表情に変わっていく様を目《ま》の当たりにした。そして私には、見えたんだ。最後の最後、本当に一瞬だけ、結んだままの唇にほんの僅かな笑みを浮かべたのを。しぼんでいた花びらが、一瞬パッと花が咲いたように見えて、私の心臓はドキリと高鳴った。

『まぁまぁ面白いかもな』

そう言って今度は、私の方を向いて頬を緩ませた。

初めて誰かに読んでもらって、その物語でそうちゃんを少しだけ笑顔にさせることが出来て、本当に嬉しかったんだ。そうちゃんが光を与えてくれて、私の夢の種は芽吹いた。そしてそれは、小さな初恋が私に舞い降りた瞬間だった。

「あかり？　まさか寝てるのか？」

自転車をこぎながら突然そうちゃんが声をかけてきて、私は顔を上げた。

「ううん、起きてるよ」

「寝たら落っこちるからな～」

「分かってる」

一度顔を上げた後、再びおでこを背中にコツンと当てた。あの初恋は……今でも継続中だ……。

それから私達は一度コンビニで休憩を挟んでから、目的地へ到着した。そこはひっきりなしに車が通る道路や、隙間なく並ぶビルに大きなマンションが見えていたこれまでの光景とは少し違っていた。緑の雑草がずっと奥まで続いている土手、そこには大きな川が流れている。森美町にも川は流れているけれど、さらさらと流れる小川が森の中にあるくらいで、こんなに大きな川はない。

「川が見たかったの？」

「いや、これは困った時の第二プランだ」

「第二プラン？」

苦笑いを浮かべながら自転車を止め、私の手を取って土手を下り始めた。

「本当はさ、海に行きたかったんだ」

「海!?」

驚いて思わず声を上げてしまった。

「森美町は山に囲まれてるから海はないだろ？　夏にみんなで一番近くの海水浴場に行ったことはあるけどさ、そうじゃなくて、肌寒くなってきた頃の砂浜に座って海を眺めてみたかったな〜って」

土手の中腹辺りの雑草の上に座った私達は、沈みかけの夕日が映る、決して綺麗とは言えない川を見つめた。

「そうだったんだ。それで、第二プランっていうのは？」

「よく考えたら、俺が想像しているような砂浜がある海までどれくらい時間がかかるか分からないだろ？　だから海は断念して、川にしたってわけ」

少し残念そうに眉を下げ、雑草をいじっているそうちゃん。

「確かに、自転車で海を目指してたら明日になっちゃうかもしれないもんね」

「ああ。でもここに座ってみて分かった。海だろうが川だろうが、隣にあかりがいてくれたら嬉しいんだなって」

「そうちゃん……」

私も、今日でよく分かったよ。私にはそうちゃんが必要だってこと。小学四年生から、そうちゃんのことを知れば知るほど好きになっていった。真人と仲良くなって、遥とも仲良くなって、私達に心を開いてくれたそうちゃんは徐々に他の友達とも打ち解けるようになって。素直じゃない時もあったけれど、基本的には真っ直ぐで何事にも全力でぶつかっていって、本当はとても優しいそうちゃんが、私には眩しく映っていたんだ。

「そうちゃんさ、中一の時に私を助けてくれたことあったよね」

左側に視線を向けると、あぐらをかいているそうちゃんは「なんだっけ?」と呟き、雑草をいじっている手を止めて首を傾げた。とぼけたような顔をしているけれど、昔のことをちゃんと覚えているそうちゃんが忘れるはずがない。誤魔化しているのは多分、恥ずかしいからだ。それがなんだか可笑しくて、私は「覚えてないなら聞かせてあげる」、そう言ってわざとそうちゃんに聞かせた。

物語を思い付いた時や書きたいと思った時、小学生までは画用紙や便箋、チラシの裏なんかに書くことが多かったけれど、中学生になってからはきちんとノートに書くようにしていた。

そして中学一年のある日、私は小説を書いていたノートを校内で落としてしまい、意地悪な男子にそれを拾われ、内容を言いふらされたことがあった。オタクだと言って酷くからかい、返してと言っても返してくれず、周りにいた他の生徒にまで私のノートを見せようとしたのだ。遥が側にいたらきっと庇ってくれただろうけれど、その日はたまたま遥が休みだった。だから私は泣くのを必死に我慢しながら何度も『返して』と繰り返すことしか出来なかった。

そんな時、私の前に立ってくれたのが、そうちゃんだった。相手を殴ってしまうんじゃないかと思うくらい、握った拳が震えていた。そして今まで聞いたことがないほど怖い声で言った。

『返せよ。こいつのことバカにしたら、俺が許さないから』

とても冷静に、けれど相手が後退りしてしまうくらいの気迫のそうちゃんに、からかっていた男子は顔を引きつらせながら私にノートを返してきたんだ。

「……相手が自分のクラスに戻ろうとしたら、『謝れよ』ってそうちゃんが言ってくれてさ」

「そんなことあったか？」

私がちゃんと説明しているのに、誤魔化すようにまた雑草をいじっている。自分の話をされると照れてしまうところも、そうちゃんらしいけれど。

「あったよ、ちゃんと覚えてるもん。それに、そうちゃんがあの時私に言ってくれた言葉が、本当に嬉しかったから」

取り返したノートを胸の前に抱えながら廊下で俯いている私に、そうちゃんは小声で言ったんだ。

『大事な物なんだから、無くすなバカ。……そこに書いてある話を読むの、俺らは楽しみにしてんだからな』

凄く凄く嬉しかった。あの時の私にもっと勇気があって、余計なことを考えないで突っ走れる性格だったなら、きっと〝好き〟と言っていたに違いない。でも私は、ありがとうって、そんな簡単な言葉しか言えなかったんだ。

雑草を抜くのをやめたそうちゃんは、ちょっとだけはにかみながら「俺は本当のことを言っただけだ」、そう言って私を見つめた。やっぱりそうちゃんは優しくて、私にはないものを沢山持っている。

沈んで行く夕日を眺めながら他愛《たわい》のない会話をしていると、ずっと聞こうと思っていて聞けなかったことがふと頭を過《よぎ》った。

「ねぇそうちゃん、そう言えばあの日、キャンプの時……一人だけ森美町に残る理由を、どうして真人や遥に言わなかったの？」

やりたいことがないから森美町に残るんだろって真人に言われた時、そうちゃんはその本当の理由を言わなかったけれど、そこにはちゃんとした理由があった。

「別に、言う必要ないかなって思っただけだ」

キャンプの一週間くらい前、学校帰りに電車の中でそうちゃんと二人で話していた時、その胸の内を私は聞いていた。森美町の自然や人が好きだというのも理由の一つだけれど、それだけじゃない。真人や遥や私のように夢や目標のない自分が出来ることは、みんながつまずいた時、辛くなった時、いつでも笑顔で受け入れてやること。だから、みんなが帰って来ないことを祈りながら森美町に残る。自分がやれることはそれくらいだからと。

「そうちゃんがいてくれるから、みんな夢に向かって羽ばたけるのかもしれないね」

「そんな大したものじゃねぇよ。それに、俺が森美町に残ろうと思った理由はそれだけじゃないし」

「他にもあるの？」

「好きなんだ。森美町が」

真っ直ぐ向けている視線の先に、まるで森美町の景色が映っているかのようにそうちゃんは微笑んだ。

「森美町に来てあかり達に出会えて、あの大自然の中にいられたから俺は幸せに暮らすことが出来たんだと思う。真人と同じように、俺も森美町に恩返しがしたいんだ。でも頭がいいわけじゃないし、森美町に残って俺に出来ることをやっていきたいと思ったから」

「そうだったんだ。でもそうちゃんなら、第二の悟朗さんになれるかもね」

「第二の悟朗さん？」

「時々うざったいと思われるくらい子供達の面倒を見るような、みんなの兄貴的な存在。そうちゃんなら声も大きいし絶対なれるよ」

「……あぁ、そうだな」

見渡す限り土手には私達しかいなくて、空にほんの少しだけ残っていた色が消え、夜の静けさが訪れようとしていた。

「あのさ、もし私が……私が森美町に帰りたいって言ったら、笑顔で迎えてくれる？」

そう呟くと、そうちゃんはあぐらをかいていた足を伸ばし、空を見上げた。

「バカ言うなよ、俺なんかあてにされても困る」

心のどこかで〝帰って来い〟って言われるのを期待していた。けれどそれは、そうちゃんの望む私の夢を諦めるということだから。

「だって、よく分からないんだけどさ……なにも考えられないんだもん」

星が一つ二つ見えるだけの空はとても寂しくて、どこからか込み上げてくる深い悲しみに、胸が締め付けられる。

「私が小説を書かなくたって、誰も困ったりしないでしょ？　ただ帰りたい……あの頃に戻りたいって、そればかり考えちゃうの。みんなに会いたいよ……」

「明日で半年だな……」

「えっ……？」

零れそうになる涙をてのひらで拭い、そうちゃんの方を見た。

「最後のキャンプをした日から半年」

半年……そうか、明日でちょうど半年なんだ。私にとっては、とても長い半年のように思えた。

「そんなに帰りたいなら、行けよ」

「行けって……？」

「森美町、帰りたいんだろ？　あいつらにも、会えばいい」

「えっ、でも、遥も真人も忙しいだろうし」

「あいつらも、明日森美町に行くから。それでさ、あかりにお願いがあるんだ。森美町に行ったら、親父の墓参りに行ってほしいんだ」

「それは全然行くけど……でも森美町に帰ったら、もう東京には戻りたくなるかも」

「大丈夫だよ……」

――大丈夫。あかりなら絶対、前に進めるから……。

記憶の森

綺麗な空気を鼻から思い切り吸い込むと、閉じた瞳に薄い光がともる。硝子《ガラス》のよう

に透明で澄んだ空気が体中に染み渡るのを感じて、瞼をゆっくりと開いた。

抜けるような青く高い空、辺り一面に広がる緑の木々。まだもう少し先だけれど、

紅葉の見頃を迎える頃には赤や黄色に彩られた美しい秋の森が楽しめる。遠くの線路

まで見渡せる屋根のないホームには青いベンチが一つ。そこに座っている私は、もう

一度空を見上げながら深呼吸をした。

向かい側のホームに見える森美駅の文字。高校生の頃は毎日ここから四人で学校へ

通っていて、季節ごとに変わる自然の色を電車の中から眺めるのが好きだったな。し

ばらくホームからの眺めを懐かしみ、そろそろ行こうかと腰を上げると、次の電車が

ホームへ向かって来るのが見えた。

平日の昼間は三十分に一本のペースでやって来る電車。乗り遅れて四人で遅刻した

ことが何度かあったな。寝坊するのはだいたいそうちゃんか遥のどちらかだった。で

も私も真人も先に行かずに待っているから、結局四人全員で遅刻をしてしまう。クス

ッと笑い、ホームに到着した白い電車に視線を向けた。静かな空間にドアが開く音が

鳴り響く。そして降りてきた人物を見て、私は息を飲んだ。

「あっ……」

昨日も確かこんな風に、一瞬心臓が止まったような感覚に陥ったばかりだ。たった

半年で、こんなにも懐かしい気持ちになるだなんて思ってもいなかった。二人共ほとんど変わっていないけれど、もう何年も会っていなかったような気持ちになる。綺麗に巻かれたふんわりとした長い髪の毛を大きなシュシュで横にまとめて、白いワンピースを着ている姿は、やっぱりお姫様だ。その横に立っている背の高い男性は、相変わらず黒縁の眼鏡をかけているけれど、紺色のシャツがなんだか大人びて見える。

「嘘……あかり……？」

白いワンピース姿のその彼女は、持っていたバッグを地面に落とし両手を口元に当て、その大きな瞳からは大粒の涙が零れ落ちた。

「遥！　真人！」

少し離れた所にいる二人に向かって私が大きく手を振ると、遥はバッグを地面に落としたまま、私に駆け寄ってきた。落ちたバッグを拾った真人も、後に続いて駆け寄って来る。

「遥、久し……」

「あかり!!」

「遥？」

挨拶をする間もなく、遥は勢いよく私の体に抱き付いてきた。

「あかり！　あかり！」

私の名前を呼んで力強く抱き締める遥。そのうしろに立っている真人も、眼鏡の奥が少し潤んでいるように見えた。

どうしたんだろう。確かに半年もの間会えなかったけれど、それにしても少し驚き過ぎな気がする。

「えっと……遥?」

「ごめんね、あかり! 会いに行けなくてごめん」

耳元で囁《ささや》く震えた声。私を抱き締めた遥の体が小刻みに震えているのが伝わってきた。

「ううん、仕方ないよ。私の方こそ……」

「あかり、元気なんだな?」

「うん、元気だよ。一応ね。二人は? 頑張ってる?」

少し落ち着いてきた遥が私から離れると、コクリと小さく頷いた。こうして三人でホームに立っていると、本当に懐かしさで胸がいっぱいになる。森美町の夏はとても暑いのにホームには屋根がなくて、アイスを食べながら電車を待ったり、冬に雪が降った時は少し早く家を出て、ホームの雪掻きを手伝ったりしたこともあったな。高校に通った三年間、春夏秋冬全部、四人一緒だった。

「たった半年なのに、なんか懐かしいよね」

私の言葉に二人は頷き、遥はハンカチで涙を拭っている。卒業してからみんなが私に連絡をくれないことを寂しく思っていたけれど、私もみんなに連絡をしなかった。遥だってきっと同じ気持ちだったんだ。会いたいと思ってくれていたのが、遥の真っ赤になった目と鼻を見れば分かる。

「そうちゃんも来られればよかったのに……」

昨日土手で話をしていた時、そうちゃんはまだ寄るところがあるので明日は森美町に帰れるか分からないと言っていた。四人でいられたらもっと嬉しかったのに。パズルのピースが揃わないと、やっぱり少し寂しい。

ふと二人に視線を向けると、遥と真人は目を白黒させながら互いに見つめ合っている。

「どうかしたの？」

私の声にハッとした遥は、慌てた様子でハンカチを落としてしまった。

「えっ、いや別に……」

「なんでもないよ。それで、あかりは今日どうして森美町に？」

私に会えたことでまだ動揺している遥とは反対に、真人はいつも通りとても冷静に聞いてきた。

「うん……なんかね、色々悩んじゃって。小説家になりたいとか言ったくせに、全然書けないんだ。森美町のことばかり考えちゃって、だから一度森美町に帰ろうと思ったの」

「そうか……」

眉をひそめ、少し悲しげな瞳で俯いた真人。

「まーでもさ、私が小説を書いても書かなくても、誰に迷惑をかけるわけでもないし。ただ単に都会に慣れない言い訳なのかも」

「そんなことないよ！」

ハンカチを拾った遥が突然声を上げて私を見つめた。真人も同じように、真っ直ぐな眼差しを私に向けている。怖いくらい真剣な二人の顔つきを私は直視出来ず、視線をさまよわせた。

視界に入ったホームの柱にかけられている古びた時計は、十五時を指している。

「とりあえずさ、せっかく会えたんだから、懐かしい町を歩こうぜ」

「う、うん、そうだよ！　あかり、一緒に行こう」

私が大きく頷くと、二人は私に満面の笑みを向けた。

駅周辺は森美町の中で一番栄えている場所。とはいえ商店がいくつか並んでいてコンビニや銀行などがあるくらいで、都会の駅前とは規模が全く違う。それでも小中学生の頃は、森美駅周辺が立派な都会に見えたものだ。

私達が住む地域から駅までは自転車で十五分ほどかかる。歩くと倍はかかるしバスは一時間に一本だから、雨の日でも駅までの道のりは毎日自転車だった。雪が降った日はさすがに自転車では行けないから、普段より一時間も早く出て歩いて行ったこともある。私はあまり体力がないからクタクタになって、雪の日は本当にしんどい思いをした。駅まで雪を転がして行ったらどれだけ大きくなるか試してみようとかそうちゃんが言い出して、そんなくだらないことも沢山して、それら全てが今となってはいい思い出だ。

今日は自転車があるわけではないから、三人でのんびり歩くことにした。駅前の商店は昔よりも閉まっている店が増えたけれど、山や畑など自然の景色はほとんど変わっていない。

「うわー懐かしいー」

学校が見えて、遥が声を弾ませる。駅から五分ほど歩いたところには、私達が通っていた中学校がある。クリーム色の校舎は私達が通っていた頃よりも綺麗になっている。というのも、森美町にあった二つの中学校が去年合併して、その時に外装工事も行ったからだ。高校生になっていた私達には関係がなかったけれど、子供の数が年々減っているのだと思うと少し寂しい気持ちになったのを覚えている。

「そんなに昔のことじゃないのに、なんか懐かしいよね」

遥はバッグからスマホを取り出し、校舎に向けてパシャリと写真を撮りながら呟いた。

校門の近くまで来ると、校庭では野球部が練習をしているようだった。

「そっか、今日は土曜だから授業はないけど部活はやってるんだもんな」

眼鏡を上げて懐かしむような微笑を口角に浮かべた真人。私もつられて微笑む。

「あかりさー、覚えてるか？」

「なにを？」

何枚も写真を撮ることに夢中になっている遥の横で、真人が聞いてきた。

「中三の時の生徒会選挙のこと」

私は顎《あご》に人差し指を置き、一瞬視線を上げた後、大きく手を叩いた。

「真人が生徒会長になった時のことでしょ？　もちろん覚えてるよ」

一年の時から学年でトップの成績だった真人は、三年で生徒会長に立候補をした。けれど立候補をしたわりに、真人は最初あまり乗り気じゃなかったのを覚えている。

「クラスメイトからの後押しもあって立候補したんだけどさ、正直最初は無理だと思ってたんだ。勉強は出来ても人の前に出るような人間じゃないと思ってたから」

「うん、そうだったね。真人、本当にこのまま生徒会長候補として選挙に挑むか悩んでたもんね」

それに加えてもう一人生徒会長候補になった生徒は、最初からもの凄くやる気があった。明るくハキハキとしていてサッカー部に所属していて、自分とは正反対のタイプだと真人は言っていた。だからなのか、ちゃんと務められるか分からないような自分よりも、もう一人の候補者の方が相応《ふさわ》しいと弱音を吐いたりもした。

「でも、本当はやりたかったんだよね？」

私がそう聞くと、困ったように頭を掻きながら苦笑いを浮かべた真人。

「そう。本当は生徒会長になってみたかった。小学校の頃にクラス委員もなったし出来るかなって思ったんだけど、いざ候補者になるとなったら、急に怖くなってさ。やっぱ小学校と中学校じゃ違うし」

校門の前に立ち、私は黙ったまま真人の話に耳を傾けていた。写真を撮っていた遥もいつの間にか真人の話を聞いている。

「やりたいのに自信がなくて、真面目なだけが取り柄の俺にはやっぱり無理だって思った。でもさ、そんな俺の悩みを聞いたあかりが、小説をくれただろ？」

「あ、うん。そうだったね。どんな話か忘れちゃったけど」

「あかりにとってはただ俺を元気付けようと思って書いてくれたんだろうけどさ、俺はあの小説に励まされたんだ」

小学生の頃よりはだいぶ小説らしい物を書けるようになっていたけれど、まだまだ文章も下手だったしそんな大袈裟な話ではないと思った。でも真人は、嬉しそうに目を細めて校舎を見つめている。

「あかりは忘れちゃったかもしれないけど、俺は覚えてる。『優しき勇者』っていうタイトルで、内容は……」

＊＊＊

『優しき勇者』


来る日も来る日も、村同士の争いが絶えない。日が昇っているうちは静まり返り、夜の闇が訪れるとあちらこちらで赤い炎が燃え上がり、叫び声がこだまする。

女や子供は泣いているというのに、大人はみんな争いに夢中だった。自分の村が一番だ、自分の村こそが支配者だ。他の村の農作物や資源を全て自分達の物にし、村を発展させるためには仕方がないと。けれど気が付いていなかった。村は発展するどころか、少しずつ少しずつ滅びの道へと向かっていることに。

そこで立ち上がったのが、ある一人の少年だった。彼の名前はシン。小さい頃から頭が良く、勉強熱心で物知りだったシンは、村人の気持ちを一つにするため考え、そして気が付いた。みんな自分達のことしか考えていないから争いが起こるのだと。自分達の村ではなく、Aという村はBという村を、BはCをCはDをと、それぞれが他の村のことを考える。そうすれば争いのない優しい村が生まれるのではないか。

シンは早速自分の村の長老達に提案した。争っている四つの村の村長が話し合い、どの村にも損のないよう互いが互いの利益を考えて協定を結ぶのはどうかと。けれど村の長老達は誰一人として耳を傾けてくれなかった。いくら頭が良くても、シンは子供だからなにも分かっていないのだと。

やっぱり自分ではなにも出来ない。シンが一人落ち込んでいると、そこに一番の親友がやって来た。頭は良くないけれど、争いの中で沈み切っている子供達をいつも笑わせてくれる明るい少年、ソウだ。

「落ち込んでんのか？」

「別に……。ただださ、頭良くたって勉強出来たって、みんなの心を一つに出来ないいんじゃ意味ないんだなーって思ってさ」

「ふーん。で、シンは戦うことで頭いっぱいの長老達になんて言ったんだ？」

シンはソウに自分の考えを聞かせた。するとソウはシンを見て、ニッと歯を見せて笑った。

「いいじゃんそれ、やろうぜ！」

「え？　やるって、だって……」

「どんなことがあっても俺はお前を信じる、お前に従う、お前を助ける。お前なら絶対やれる。だから行こう」

「行くって、どこに……」

「決まってんだろ、他の村に行くんだ。頭の固い村の大人達に言ったってらちが明かないなら、直接俺達で話つけに行くしかないだろ」

とても無謀なことだと思った。他の村の人間が来たと分かっただけで、きっと捕らえられてしまう。話なんて出来るはずがない。

けれど次の日、ソウは自分以外に二人の友達を連れてシンの所にやって来た。

「四人で行こう。俺達はまだ子供だしひどいことはしないだろ。きっと真剣に話せば聞いてくれるはずだ」

シンは村のために決心した。どんな危険な目に遭おうとも、必ずこの無駄な争いを終わらせると。


他の村へ行って話をするというのは、やはりとても困難なことだった。時にはとらわれ、時にはスパイだと疑われて暴力を受けたりもした。けれど、四人の中の誰かになにかがあれば必ず他の誰かが助けてくれる。時には身をていして守ったり守られたり。

そうして四人は全ての村の村長と話をすることが出来た。他の村にも争いを良く思っていない人達は沢山いて、シンが考えた協定を結ぶという提案は実行されることとなった。

徐々に平和な村へと戻って行き、太陽が昇ると子供達の笑い声が響き、村の中を駆け回る姿さえ見受けられるようになった。

シンはとても不思議な気持ちだった。一人だと思っていたけれど、友達がいてくれるだけで何倍も強くなれたような気がしたから。一人じゃ臆病になってしまって出来ないと思うことも、仲間がいれば大丈夫なのだと。

「な、言ったろ？　お前なら絶対やれるって」

隣で口笛を吹いているソウを見て、シンはとても晴れやかな笑顔を浮かべた。

「あぁ、そうだな。みんながいれば……」

＊　＊　＊

自分が書いた物語を、真人の言葉を通して徐々に思い出していく感覚は、なんだか不思議だった。今の自分では到底書けない、あの頃の私だから書けた物語なのだと思った。

「あかりの小説で泣くなんて思ってなかったな」

生徒会長に立候補したいのに自分には無理だと言っていた真人の本心を聞いた時、私は真人に頑張ってほしいと思った。そうちゃんに初めて小説を書いた時と同じで、心を動かそうと思ったわけではないけれど、少しでも真人の背中を押せたらと、そういう気持ちで一生懸命書いたんだ。

私には遥のようにみんなを惹《ひ》き付ける魅力があるわけでも、真人のように頭がいいわけでもなく、そうちゃんのように辛いことを乗り越えていける強さもない。唯一出来ることと言えば小説を書くことだけだった。それだって特別上手なわけではなかったし、ずば抜けた才能があったわけでもない。ただ、物語を通して大切な人になにかを感じてもらえたらって、そう思ってた。

だから私は真人に渡した小説の中に、常に側にいて力を貸してくれる仲間を登場させた。これを読んだら、真人ならきっと私の思いに気付いてくれると思った。困ったことがあったら助けてくれる友達がいるということに。言葉では伝えきれない気持ちを小説に託したんだ。

「優しき勇者以外にも何作か読んだことがあったけど、どれもあかりの書く物語は心があってとても優しいんだ。俺は、あかりの小説好きだよ」

「……ありがとう、真人」

真人の言葉は嘘偽りなく本当に嬉しいと思った。でも、それは過去の私が書いた物語なんだ。今の私はなにかが欠けてしまったかのように心が空っぽで、何故か寂しくて、あの時真人に伝えたいという思いだけで書いた小説は、今の私には書けない。もう一度みんなで過ごした時間に戻れたなら、また書けるようになるのかな……。

「本当はやりたかったのに無理だと言って逃げようとした俺が生徒会長になれたのは、あかりのお陰だ」

見上げた先にいる真人の顔が、喜びの色に染まっているように見えた。私はあの時、真人を笑顔に出来たってことなのかな……。

「選挙に勝ったのは真人の実力だけど、そうちゃんの力も大きかったよね。そうちゃんの応援演説思い出すと、いまだに笑っちゃうよ。遥もそうでしょ？」

思い出して笑みを漏らしながら視線を向けると、遥の瞳が潤んだように思えた。さらには鼻の頭が徐々に赤くなっていくように見えて、首を傾げる。

「そうだ！　久しぶりにあそこ行かないか⁉」

突然真人が辺りに響くような大声を出し、驚いて思わず体がビクッと跳ねた。

「ちょうど小腹空いたし、行こうぜ！　うめ婆《ばあ》さんのところ」

うめ婆さん。私達がずっと通い続けていた駄菓子屋さんがあって、そこの店主がうめ婆さんという。うめ婆さんはちょっと怖くて、挨拶をしない子供には『最近の子供は挨拶も出来ないのかい』と言って厳しく叱った。けれどきちんと挨拶をすれば必ずおまけに飴《あめ》をくれるような、不愛想だけれど本当は子供が大好きなお婆さんだ。

真人の言葉にまた一つ楽しかった頃の思い出が甦《よみがえ》ってきて、少女のようにうきうきと心が躍った。

「うめ婆さん元気かな？　元気だよね？」

はしゃぐような口調で私が問いかけると、真人は「もちろん」と言いながら遥の頭にポンと手をのせた。

「私もうめ婆さんに会いたい！　相変わらず怖いのかな〜」

俯いていた遥が顔を上げ、ほんのり赤くなった鼻をすすってそう言いながら頬を緩めて笑った。

駄菓子屋に向かって歩き出すけれど、ここからは本当に田んぼ道ばかりで、どれも似たような一本道が続いている。信号もほとんどない。初めて森美町を訪れた人に駄菓子屋まで来てと言っても、確実に迷うだろう。目印になるようなものがほとんどないから。

中学校から五分ほど歩くと一軒家が立ち並んでいる中に、白い看板を見つけた。駄菓子と書いてあるのだろうけれど、文字は剥《は》げていて読めないし、白い看板はだいぶ錆《さ》び付いている。周りの大きな家の中で、その駄菓子屋はとても小さく見えた。

「懐かしい……。あんなに小さかったっけ」

私が心の中で思っていたことを、遥が口に出した。高校生になってからは通り道ではなかったため、あまり寄らなくなった。だからなのか、より懐かしく思える。

「最後に来たのっていつだったかなー？」

「確か……高校の入学式の帰りに、久しぶりに寄ってみようってことになって途中まで来て、結局やめたんじゃなかった？」

真人の問いに遥が答えると、その時のことが脳裏に浮かんだ。入学式の帰りに駄菓子屋の近くまで来たのだけれど、駄菓子屋の前に小学生が何人かいるのを見て私達は寄るのをやめたんだ。子供の頃、私達があの駄菓子屋に通ってうめ婆さんに叱られていたように、今は今の小学生が通って、うめ婆さんに挨拶は大切だということを教わる場所になっていたから。高校生の私達が行って、あの子たちの場所を取ってはいけないと全員がそう思って、なにも言わずに引き返した。

「駄菓子屋で思い出したんだけどさ、二人は覚えてる？　悟朗さんお見舞い事件のこと」

遥の言葉に私と真人は視線を合わせ、そして遥に向かって頷いた。今考えれば事件なんて大袈裟なことではなかったけれど、まだ小学三年生だった当時の私達にとっては、とても大きな事件だった。この穏やかな森美町の中で、初めて迎えた大ピンチ。大いなる敵に立ち向かうべく、私達が勇者になった瞬間だった。大好きな人のために。

『こんにちは』

緊張しながら三人で声を揃えてうめ婆さんに挨拶すると、うめ婆さんは表情を変えずに『はい、こんにちは』と返してくれた。小学二年生の時に初めて駄菓子屋に来た時、私達はうめ婆さんに叱られた。挨拶をしなかったからだ。挨拶をしないと怒られるというのを後日悟朗さんや親に聞いてからは、きちんと挨拶をするようにしている。

『悟朗さんてなにが好きなんだろう……。聞いておけばよかった』

『なに言ってんの真人。聞いたら意味ないでしょ？　内緒でお見舞いに行って驚かせるんだから』

『あ、そっか』

真人と遥のやり取りを見てクスッと微笑んだ私は、沢山並べられている駄菓子を端から順番に眺めていた。

真人の伯父さんである悟朗さんは、三日前から入院している。夏祭りの準備中に怪我をしてしまい、足を骨折したと両親から聞いている。森美町の夏祭りでは、いつも張り切って準備をしていた悟朗さん。夏祭りは明日だから、悟朗さんは行くことが出来ない。きっと落ち込んでいるだろうと思った私たちは、お見舞いに行って元気付けようと決めた。

まだ三年生だから当然お金はあまり持っていない。それぞれのお小遣いの残りを合わせても二百円しかなかった。二百円で買える物と言ったら駄菓子くらいしか思い付かなかったから、私達は今うめ婆さんの駄菓子屋さんに来ている。

『これはどうかな？』

真人が手に取ったのは、サッカーのカードがおまけに付いているスナック菓子だった。

『え？　悟朗さんて野球が好きなんじゃなかった？』

『違うよ遥。私はバレーボールが好きだって聞いたことあるよ』

結局どれが正解か分からなかったけれど、スポーツを見るのが好きだと言うことは知っていたから、真人が選んだスナック菓子を買うことにした。値段は百円。真人がうめ婆さんにスナック菓子を渡すと、三人組の男の子が駄菓子屋に入って来た。見たことがない子供だったけれど、自分達よりも年上だということは分かる。多分五、六年生くらいだと思った。今は夏休みだし、お祖母ちゃんやお祖父ちゃんに会うために遊びに来た子供達かもしれない。

私達がうめ婆さんに『さようなら』と言ってお店を出ると、中から『挨拶も出来ないのかい』という、うめ婆さんの声が聞えた。町の子供だろうとそうじゃなかろうと、挨拶をしない子供には厳しい。

『はいはい、どーもこんにちは！』

店の外でおまけにもらった飴を開けていると、中から不機嫌そうな大きな声が聞こえたことに驚いて私達は振り返った。さっきの男の子達の声だと思うけれど、まさか今のはうめ婆さんに言った言葉なんだろうか。私達は途端に不安になった。

『なんだよ、あの婆さん』

ブツブツとそう言いながら駄菓子屋を出て来た男の子達は、近くにいる私達を睨んだ。私は怖くて、体が固まって動けなくなってしまった。男の子達の手には、私達が買った物と同じスナック菓子が握られている。帰ろうと思うのに、三人で顔を見合わせるだけで足は動かない。私は心の中で、早くどこかへ行ってほしいと願った。けれどその思いに反して、男の子達は私達の側に寄って来た。ドキドキと心臓が震える。

『なー、そのカードくれない？』

三人の中で一番体の大きな男の子が、真人が持っているスナック菓子を指差した。

『えっ、あ、えっと……』

目を泳がせながら真人が俯くと、遥が真人の前に立った。

『これは大切な物だから、あげられません』

するとの子は、分かりやすいくらい怒った表情になり、鋭い視線を向ける。

『じゃーこれやるから。このお菓子いらないから代わりにカードくれよ』

あまりにも自分勝手な言葉だと思ったけれど、真人はすっかり怯《おび》えていて、真人を庇った遥も自分よりも大きな体の男の子の気迫に押されて少し震えている。

『だ、ダメだよ。カードも一緒にあげたいから』

震える声を必死に出して反論している遥。悟朗さんはスポーツが好きだから、カード付きのスナック菓子にしたんだ。あげるわけにはいかない。

『は？　お前ら何年だよ！　カードなんて必要ないだろ、お菓子だけ食べてろよ』

そう言ってバカにするかのように男の子達は笑った。とても怖かったけれど私はなんだか悔しくて、拳を握り締め唇を噛んだ。そして、なにも言えなくなってしまった遥の横に並ぶ。

『お……お菓子もカードも、どっちもあげません！　このお菓子は、悟朗さんのお見舞いにあげる物だから』

『はぁ？　悟朗って誰だよ、知らねぇし』

『ご、悟朗さんは……私達の友達です。だから絶対にあげられません』

声も足も震えるし、涙も溢れてきた。怖くて仕方がなかった。ぶたれるかもしれないと思った。でも、負けちゃいけないと思ったから。遥は一番に言い返してくれたし、真人はスナック菓子を守るかのように胸の中に抱えてる。だから私も、勇気を出したかった。

『みんなでお金を出し合ったんです。自分に買った物ならいいけど、これだけは絶対にダメです！　お祭りに行けない悟朗さんのために、元気になってもらいたくて買ったんだから！』

ギュッと目を瞑《つむ》って声を張り上げた。いつの間にか遥と真人は、私のTシャツの裾を握り締めている。

『いい加減にしな！』

すると、駄菓子屋からゆっくりした足取りでうめ婆さんが出てきた。

『挨拶も出来ない子供が人の物ほしいなんて、ふざけたこと言うんじゃないよ！』

その瞬間、何故かホッとして、我慢していた涙がぽろぽろと零れ落ちる。

『あんた達この町の子じゃないね。親に連絡するから、名前教えな』

男の子達は『ヤバい』と口々に言って走り去ってしまった。真人は力が抜けたようにその場にしゃがみ込み、遥は『よかったー』と言って微笑んだ。うめ婆さんがこんなに喋っているところを見るのは、初めてだった。

『子供同士でなんか困ったことがあった時は、大人に相談するんだよ。それは告げ口とは違うんだ。助けてもらうっていうことなんだよ』

うめ婆さんがそう言って少しだけ笑ってくれた。嬉しいのと安心したのと怖かったのとで、私は涙が止まらなかった。

『あかり、大丈夫？　私怖くて声が出なくなっちゃったから、あかりが言ってくれて心強かったよ』

『俺、ごめん……。怖くて、なにも出来なくて』

真人の言葉に、私は涙を拭いながら首を振った。

『守ってくれたでしょ？　真人はスナック菓子を守ってくれた』

その後、入院している悟朗さんにスナック菓子を届けると、カードを開けた悟朗さんは嬉しそうに満面の笑みを浮かべてくれた。まるで子供のような笑顔だった。スナック菓子は砕けてボロボロだったけれど、それは真人の守りたいという気持ちの表れだから。

それに、みんなで笑いながら食べたスナック菓子の味は格別だった。とても美味しくて、悟朗さんの嬉しそうな顔を見ているだけで、勇気を出せて良かったと心から思えた。

狭い村では噂が広がるのもあっという間で、後日あの男の子達がうめ婆さんの所に謝りに来たというのを聞いた。多分、親に酷く怒られたのだろう。

「あの時はさ、五、六年生っていうだけで凄く大きく見えたもんね。怖かったけど、あれもいい思い出だよ」

「ほんとだよな。俺にはあかりの姿が本当の勇者に見えたもんな」

「私だけじゃないよ。遥も真人も勇者だったし、うめ婆さんは……魔法使いかな？」

私がそう言うと、三人で声を出して笑い合った。あの時は本当に、うめ婆さんが魔法使いに見えたんだ。凄く怖くて震えていた私達を最後に救ってくれた、魔法使い。

「うめ婆さん、今も挨拶しない子に怒ってるのかな？　私達の中ではだんとつでそうちゃんがいつも怒られてたよね」

三年生の時はまだそうちゃんはいなかったけれど、一緒に駄菓子屋に行くようになったそうちゃんはうめ婆さんにも物怖《ものお》じせず友達みたいに話すから、目上の人には敬語を使えって怒られていたっけ。

「あっ！　うめ婆さん座ってる！」

私の声が聞こえなかったのか、突然真人が前方を指差してそう言ったので、私達は自然と駆け足になった。狭い店内の片隅で、椅子に座っているうめ婆さん。私達は声を揃えた。

「こんにちは。お久しぶりです」

覚えているのかいないのか分からないけれど、うめ婆さんは「こんにちは」と言って小さく頷いた。けれどその声は昔よりも小さく、少し掠《かす》れている。それに、見た目もとても小さくなったように思えた。しわが増えて、髪の毛は全部白髪になっている。久しぶりに会えた嬉しさもあるけれど、そんなにも時間が経ったのかと思うと切ない気持ちになった。

昔から子供が店に来ても挨拶以外に世間話をすることはなく、あの事件の時以外に喋っているのは聞いたことがなくて、うめ婆さんはジッと座っているだけだった。だから私達はあの頃と同じように、買いたい駄菓子を選ぶ。私は大好きだったミルクせんべいを手に取ったけれど、やっぱりそうちゃんが好きなきなこ棒にしようと持ち替えた。

「俺がまとめて払うから」

そう言って真人がうめ婆さんにお金を払う。真人は煎餅で、遥は占いチョコ。選ぶ駄菓子も変わっていない。

「うめ婆さん、俺達今は東京で頑張ってます。でもいつか必ず森美町に恩返しをしますから、その時まで元気でいて下さい」

三人で頭を下げると、うめ婆さんは「はいよ」と言って、右手を軽く振った。私達は入口の前でもう一度うめ婆さんの方を振り返り、深く頭を下げた。

駄菓子屋を後にして歩き出すと、真人が私と遥に飴を渡してくれた。

「うめ婆さん、今でも飴くれるんだな。でも二個しかくれなかったってことは、俺なんかやらかしたかな？」

眉をひそめて考えている真人に私は飴を差し出した。

「多分私だよ。ほら、うめ婆さんって、買わない駄菓子をあちこち触るの嫌がったでしょ？　私さっき、一回手に取ったのを戻したし」

「そうか。ちょっと厳し過ぎるよな〜」

笑いながらそう言って、「飴はあかりが食べろよ」と私が差し出した手を押し戻した。

「ありがとう、じゃーもらうね」

手の中にある飴の袋には、オレンジの絵が描かれている。昔もらったのと同じ飴だ。

遥は占いを真剣に読みながらチョコを食べていて、真人は煎餅を三口で食べ終えてしまった。私はきなこが落ちないようにと左手を下に添えながら少しずつ食べた。

田んぼや畑に囲まれたなにもない田舎道を、大人になった私達が駄菓子を食べながら歩くのは、客観的に考えるとなんだか笑えてしまう。でも、そうちゃんが好きだったきなこ棒は、凄く美味しい。ここにそうちゃんもいればなと、事あるごとに思ってしまうけれど、やっぱり今日は帰って来ないんだろうか。

「あかり、どうかした？」

「ううん、なんでもないよ」

「そっか、ならいいけど……。ほら、もうすぐ小学校だよ」

七年前まで通っていた小学校。中学校の半分くらいしかない校舎に、狭い校庭。各学年一クラスしかない小さな小学校だ。両親世代の時は三組から五組くらいあったらしいけれど、子供が少ないからなのか、それとも単に田舎で町の人口が減っているからなのかは分からない。

「もー、泣けてくるよ。私ダメなんだ。もちろん中学も高校も楽しかったけど、やっぱり小学校が一番思い出がたくさんあって、校舎を見るだけで泣きそうになっちゃう。私の夢が生まれた場所だからかな」

素直な言葉を口にして、無邪気な笑顔を見せた遥。

小学校は、私にとっても大切な場所だ。だって、そうちゃんと出会えた場所だから。

「中に入ってみる？」

私がそう提案すると、真人は首を横に振った。

「いや、やめとこう。中に入ったら遥が本当に泣き出すかもしれないし」

冗談ぽく言った真人に、私は「そうだね」と笑いながら返した。遥は少し照れたようにはにかんでいる。そしてバッグの中に手を入れてなにかを取り出した。

「これ、随分古くなっちゃったけど」

そう言って私に渡してきた物は、折りたたまれた何枚かの紙だった。

「これは？」

「開いてみて」

開いた紙は思ったよりも大きくて、しかもかなりよれてしわになっている。ずっとたたまれていたわけではなく、何度も開いたり閉じたりしているように見えた。そして、そこにはこう書かれている。

『おてんばプリンセス』

「覚えてる？　小学五年生の時、あかりがクラスのみんなに聞かせるために書いた物語だよ」

「うん……覚えてる。まだ持っててくれてたんだ」

「あたり前でしょ？　前までは手帳に入れたりポーチに入れたりして持ち歩いてたんだけどさ、落としたら嫌だから今は大切にしまってある。今日あかりに会えると思ってなかったけど、持って来て良かった」

紙のしわは、きっと何度も読んでくれたという証《あかし》だ。

この物語は遥に向けて書いた物ではなくて、クラスのみんなに向けた物だった。遥の天然パーマを、誰かがパーマをかけてると言って騒ぎになった時のこと。噂《うわさ》は狭い学校にあっという間に広がって、六年生の女子からは『生意気だ』と言われたこともあった。それでも遥は平然としていて、どうでもいいというような〝ふり〟をしていた。

本当は凄く傷付いていたこと、自分の髪の毛が大嫌いだということを、私は知っていたから。だから私は、学級会の時に教室の前に立ち、この物語をみんなに聞かせたんだ。

＊　＊　＊

『おてんばプリンセス』

ある国に一人のおてんばな女の子がいました。走るのが早くて運動ならなんでも得意で、男の子といっしょになって走り回るような女の子です。

女の子はその国にはめずらしい、生まれつきくるくるとまいたような髪の毛がとくちょうでとてもかわいい顔をしていたけど、女の子は自分の髪が大きらいでした。なぜなら、自分だけが周りとちがう髪の毛だったから。

みんなは黒くてまっすぐなのに、どうして自分の髪だけが少し茶色くてくるくるしているんだろうと、ずっとふしぎに思っていました。

私もみんなと同じになりたい。だって、みんなが言うんだもん。「お前だけちがう髪の毛でズルい。なんで一人だけちがうんだ」って。

女の子はお母さんにそう言いました。お友達の前では気にしないふりをしていたけど、本当はとてもきずついていたのです。

するとお母さんは言いました。

「みんなとちがうことがそんなにいやなの？　お母さんはこのくるくるの髪の毛、大好きよ。だってね、お友達と一緒に大きな舞台に立ったとしても、お母さんはすぐにあなたを見つけられるもの。あなたのそのかわいい髪の毛は、とても目立つから。みんなとちがうことは悪いことじゃないの。それにね、よく周りを見てごらん。本当にあなた以外はみんな同じなのかしら？」

女の子はお母さんにそう言われ、お友達のことをよく見てみることにしました。そして気がついたのです。

黒い髪の毛でも、短い子や長い子、髪が多い子や少ない子。色白の子、色黒の子。鼻が高い子や丸い子、メガネをかけている子もいる。

ちゃんと見てみたら、女の子は急にうれしくなりました。

私だけがくるくるの髪の毛でちがうと思っていたのに、全員ちがってた。同じ子なんて一人もいなかったからです。

そしてある日、女の子のお友達がこう言いました。

「その髪の毛、とってもかわいいね。目も大きいし、まつ毛もとっても長い。まるで、おひめさまみたいね。きれいなお洋服とか着たら、すごく似合うと思うよ」

女の子は小さい時からオシャレが好きだったので、お友達にそう言われてとてもうれしい気持ちになり、自分の髪の毛が少しずつ好きになっていきました。

そして女の子は、いつしか周りからこう呼ばれるようになったのです。

〝おてんばプリンセス〟。

その名前の通り元気で活発だけど、とてもきれいに育っていった女の子は、みんながあこがれるプリンセスのような少女になりました。

＊　＊　＊

「全部あかりが作った架空の物語だけど、私は凄く嬉しかった。学級会であかりがみんなに聞かせたい話があるって言って、教壇の前に立って読んでくれたこの物語を聞いた時、私は初めて自分の髪の毛を好きになれそうな気がしたの」

もちろん実際に遥がお母さんに相談をしたわけではない。私が勝手に想像して、遥のお母さんならこう言うかも、私が遥のお母さんなら絶対にこう言ってあげるなとか、そうやって想像を膨らませて書いた物だった。遥の天然パーマをバカにしたり、パーマをかけていると思っている友達に、それは違うんだということを伝えたかった。

それから遥にも、遥のその髪型はとても可愛くて素敵だということを伝えたかったんだ。

「あの日から、誰も私の髪型のことを言う子はいなくなった。私自身も、この天パが大好きになって、今ではラッキーだなとさえ思うよ。だって、パーマをかけなくても自然と巻いているように見えるし、写真を撮った時も目立つでしょ?」

「うん、凄く目立つ。それに遥はやっぱり美人だし」

遥は私の目を見て瞳を潤ませると、一瞬視線を逸らしてからもう一度私を見つめた。

「この小説で、あかりは私に自信をくれたの。そしてあかりがいつも綺麗って言ってくれたから、だからモデルになりたいっていう夢が生まれたの。プリンセスみたいな綺麗な服を着て、いつか舞台に立ちたいって、そう思った」

スポットライトのような夕日を横から浴びる遥は、より一層美しく見えた。

「私はなにもしてないよ。ただ、目に見えないところで傷付いていた遥を、助けたいって思っただけ。モデルになりたいという遥の夢は、私がなにもしていなくても自然と芽生えたと思うから」

五年生の私が書いた小説で大好きな遥を元気にすることが出来たのなら、私はそれだけで本当に嬉しい。

「あかりはなにも分かってないよ。あかりの書いた小説が、どれだけ私達の心を癒やし、救ってくれたのかを」

「ありがとう……。二人がそう言ってくれるのは本当に嬉しい。嬉しいんだけど……」

書きたくても、書けないんだ。

森美町に帰れば心も晴れて前向きになれるのかと思ったのだけれど、なにかが私の心にずっと影を落としていて、思い出を巡って懐かしくなったり楽しい気持ちになっても、それが消えることはなかった。

胸に手を当てたまま俯いていると、真人が私の肩に手を置いた。

「あかり、とりあえず行こうか」

私達はまたゆっくりと歩き出し、空の夕日は徐々に山の陰へと吸い込まれていく。

次はきっと、森美神社に行くんだろうな。私が今日一番行きたかった場所だ。

「次、どこ行こうか」

「ん～、そうだな～」

真人と遥が悩んでいるので、私は一ヶ所忘れているよと言いたげに、二人に向かって笑顔を向けた。それでも二人は森美神社の名前を出さないので、私はじれったくなって口に出した。

「行くなら森美神社でしょ？」

するとニ人は答えることなく顔を見合わせている。お互いなにも喋らず、どこか陰りのある表情で見つめ合う様子に、なにかおかしいと感じた。

「どうしたの？」

私の方に視線を向けた真人は一度ゴクリと唾を飲み、目を大きく見開いた。

「なんかちょっと疲れちゃったから、俺の家に行かないか？　お腹も空いたし」

「あぁ……うん、そうだね。あっ、でもその前に行かなきゃいけないところがあるんだ。そうちゃんにお父さんのお墓参りに行ってほしいって言われたの。まー頼まれなくても行くつもりだったけど、早く行かないと日が落ちちゃうし」

少し早口でそう言うと、ニ人は真顔で私を見ている。静かな空気が流れる中、真人は眉をひそめ、遥は両手を重ねて胸の前に置いた。

「ねぇ、どうしちゃったの？　ニ人共なんか変だよ？」

「あかり……あのさ……」

いつもはハッキリ話すはずの声が少し震えていて、視線は地面の砂に向けたまま、遥は言った。

「さっきからさ……そうちゃんて……誰？」

冷たいなにかが、背筋をスーッと流れて行く。遥の言葉が理解出来なくて、もう一度聞き返した。

「え、だから……そうちゃんが」

「その、そうちゃんて……っ、……誰なの？」

全身から噴き出る冷たい汗に身震いをし、わけが分からない遥の言葉に、心臓に穴が開いたかのような痛みを感じた。

「誰って、二人共ふざけてるの？　そうちゃんだよ！　塚原颯太！」

「だから、だからさ、私達は……知らないよ。あかり、夢でも見たんだよきっと」

遥はそう言って私の腕を掴んだ。

夢？　夢なら確かに見た。でもその夢は全部、実際に経験したことだから。最後の思い出作りにキャンプをして、みんなで語り合って、不安を打ち明けて、それからそうちゃんと二人で……。

「二人共、悪い冗談はやめてよ！　あんなにずっと一緒にいたじゃん！　子供の頃から、いつも四人で……」

いつの間にかぽろぽろと涙が零れ落ち、心臓の鼓動が激しく警報を鳴らし始めた。

「なんで……どうして……私っ」

「きっと色々あって疲れてるんだ。俺の家に行って休もう」

もう片方の腕を真人が掴み、まるで運ばれるみたいによろよろと歩き出したけれど、私はすぐに足を止めた。

「遥も真人も……なんでそんなこと言うの⁉」

二人の手を振り払い、唇を強く噛み締める。体は震えて涙は止まらないけれど、私には理解出来なかった。あれだけの長い年月、いつも一緒にいたのに。楽しいことも悲しいことも辛いこともみんな一緒に経験して、一緒に成長してきたのに。

少しでも冷静になろうと、大きく息を吸い込んだ。でも、遥も真人も嘘をつくような人間じゃない。二人は……ううん、三人共、正直で真っ直ぐだということは、私が一番よく知っているから。

「あかり……」

ポツリと呟く遥の声が耳に届くと、私は二人から一歩二歩ゆっくりと下がった。

「ごめん、少し一人にしてくれるかな……。必ず、戻るから……」

そう言って、私は二人に背を向ける。沈みかけの夕日を浴び、伸びて行く影を背に歩き出す。二人は私を追って来ない。きっと、私のことを信じているからだ。私も信じているけれど、でも……確かめなければいけないと思った。

二人と別れて向かった先は、小学校。思えば最初から、少し様子が変だと感じていた。三人で一緒にいるにもかかわらず、遥と真人は一度もそうちゃんの名前を出さなかった。私が話題を振っても、反応してくれなかったし。それとも変なのは、私の方なのだろうか。それを確かめるために、私はここに来た。

先ほど見た夕焼けに染まる校舎から一変、真っ暗と言うわけではないけれど、薄暗く不気味な雰囲気が漂っている。時間を確認すると、十八時を回っていた。これから季節が移ろうにつれて、日が落ちるスピードが急激に早まっていく。

校門は当然閉まっているけれど、校舎の窓の一部に灯りがともっているのが見えた。あそこは確か、職員室だ。まだ誰か先生が残っているのだろうか。卒業生とはいえ生徒のいない校舎に勝手に入るのだから、見つかってしまったら確認することが出来ずに終わってしまうかもしれない。けれど誰かがまだいるということは、どこかの鍵が開いている可能性もある。私は急いで校舎の裏側に回った。小さな校舎だから、校門から裏までの距離はさほどない。

走って裏側の門に着くと、案の定鍵は開いていた。鍵を閉めないなんて都会では考えられないかもしれないけれど、田舎町だからこういうところは昔から割と緩い。東京なら警備員がいて、中に入った途端にセキュリティーが作動してしまうのだろうけれど。

正面の門と同じく、裏手にも春になれば満開になる桜の木が立っている。その横を通り、職員専用の入口から中へと足を踏み入れた。脱いだ靴を手に持ち、左へ続く廊下を行くとすぐ右手に職員室がある。ここで誰かが出てきてしまったら終わりだ。後はもう、運に任せるしかない。

職員室のドアのガラス部分から見えてしまわないよう、私は背中を丸め、出来るだけ低い姿勢を保ちながら廊下を進んだ。とんでもなく悪いことをしているような気持ちになり、ドキドキと心臓が揺れる。静かにゆっくり職員室の前を通り過ぎた私はホッと胸を撫で下ろし、その先にある階段を上った。

そうちゃんの存在を確認するため私が咄嗟《とっさ》に思い出したのが、小学校の卒業式の日に四人で行ったある出来事だった。当時は卒業することへの寂しさと、それからお世話になったことへの感謝、そしてなにより私達がここにいたという証を残したくてやったことだけれど、今思えばそれはただの悪戯で、悪いことだったのかもしれない。それでも当時は、とても嬉しい気持になったのを覚えている。

二階の廊下を進むと、家庭科室のプレートが目に入った。そして出来るだけ音を立てずにドアを開け、中に入る。当然中は暗く、夜になる前の微かな明かりが窓から差し込んでいるだけだ。この状態で探すのは困難だと感じた私は、思い切って家庭科室の電気を点けた。四つある長細い蛍光灯のうちの二つが光り、一気に明るさを取り戻した。

家庭科室の中には木で出来た大きな机が四つ。一つの机を囲んで、確か班ごとに六人くらいが座っていたと思う。卒業式の日、その机の裏に私達は文字を彫った。

　最初は教室の椅子にしようかとか、誰にも気づかれないような場所にマジックで名前を書こうかなどという案も出ていたけれど、結局選んだのは家庭科室の机の裏だった。教室の机や椅子だと、古くなった場合新しい物と取り換えられてしまうかもしれない。マジックで書いたらいずれ消えてしまうかもしれない。その点家庭科室の机は普通の勉強机とは違うし、そう簡単に取り換えることもないだろうと判断したからだ。誰にも見つからないよう、彫刻刀で一人ずつ名前を彫った。平仮名や漢字だと時間がかかりそうだったので、カタカナで。

　私は四つある机の裏を廊下側から順番に携帯のライトで照らしながらよく調べて行った。当時と同じように、悪いことをしているという罪悪感があるからか、少し怖くてドキドキして、胃が締め付けられる。こんな時間に忍び込んでしまって、ごめんなさい。六年生だった私達がした悪戯を、どうか許して下さい。心の中でそう祈りながら見て回ると、最後の一つ、窓際の机の下に潜り込んで探している私の体が、ピタッと止まった。そして、徐々に心臓の鼓動が速まっていく。

「あった……」

　ライトが当たっている場所、そこには確かに文字が書かれていた。急いで彫ったからか、六年生とは思えないほどとても下手くそな字で、一人ずつの名前が縦に並んでいる。

『ハルカ、アカリ、マサト…』、そして最後の一人……『ソウタ』。

やっぱり、ちゃんとあった。

腕をだらんと下げると、携帯の灯りは床のある一点だけを照らし、周りは一瞬にして薄暗くなった。机の下にいる私は、そのまましばらく動くことが出来なかった。どうして……なんで遥と真人は、あんな嘘をついたのだろう。悪意を持って私に嘘をつくということは絶対に有り得ない。だったら、何故？

もう一度腕を上げ、私は机の下に彫られた文字を写真に撮った。そして椅子を元の位置にきちんと戻し、電気を消して家庭科室を後にする。入った時はあんなにソワソワして辺りをうかがいながら慎重に歩いていたのに、帰りはなにも考えず職員室の前を通る時も普通に歩いて職員専用の入口から外へ出た。

再び桜の木の横を通って裏門を出ると、一度校舎の方を振り返る。目に映るのは、日が落ちて暗くなった空に、色を無くした校舎。懐かしい場所に向かって頭を下げ、私は次の目的地へと向かった。

考えなければいけないことは沢山あるけれど、考えても仕方がない。直接聞けば分かることなのだから。まず先に向かわなければいけない場所がある。あれこれ悩むのは後にしよう。

薄暗い田んぼや畑、灯りがともっている家々、それらを横目に慣れた道を進む。普通に歩けば五分くらいのところ、のんびり足を進めていたからか、小学校から十分ほどで目的の場所に到着した。

森美神社がある森の近くには、大きな墓地がある。森美町のご先祖様達が沢山眠っている場所だ。こんな時間にお墓参りに来る人などまずいないだろう。月明かりだけを頼りに、閑寂とした墓地へ入って行った。相変わらず風は森の木を激しく揺らし、ざわざわと不気味に音を立てている。けれど、怖いという感覚は少しもない。

入口から入ってすぐの所に沢山置いてある桶《おけ》の中から一つ取り、水を入れて雑巾を手に持ち、そうちゃんのお父さんが眠るお墓へと向かった。

灰色の墓石には、塚原家の文字。

「遅くなってしまってすみません。お墓、拭かせてもらいます」

囁くようにそう言ってお墓を綺麗に拭きながら、そうちゃんが話してくれたお父さんのことを思い出す。

母親が出て行った時のことはあまり覚えていないとそうちゃんは言った。それよりも、お父さんと二人で過ごしてきた日々の方が、ずっとずっと心に残っていると。お父さんは料理があまり得意でなかったけれど、そうちゃんのためにお弁当を作ってくれたり、誕生日には毎年一緒に手作りのケーキを作ったり、とても優しいお父さんだったと教えてくれた。

嬉しそうに話すそうちゃんの顔を見ているだけで、お父さんへの愛情がとても良く伝わってきた。だからこそ、亡くなった時の寂しさはきっと堪え難いものだったと思う。亡くなった場所は東京の病院だったけれど、お祖母ちゃんが住む森美町に引っ越すことが決まっていたため、いつでもお墓参りが出来るようにとこの場所にお墓を建てたのだと言っていた。

掃除を終えた私はお墓の前にしゃがみ込み、両手を合わせて目を瞑る。会ったことはないけれど、そうちゃんからお父さんの話は沢山聞かせてもらいました。とても優しいお父さんだったと。私も、そうちゃんのお父さんに会ってみたかったです。そうちゃんは、昔はとっても口が悪くてあまり笑顔を見せませんでした。でもそれがお父さんを失った寂しさからなのだと分かったから、私はそうちゃんに笑顔になってもらいたかったんです。最初は多分お節介でいちいちしつこい女子だな、くらいにしか思われていなかっただろうけれど、そうちゃんは徐々に笑顔を見せてくれるようになり、なんでも言い合える仲のいい友達も出来ました。そしてなによりそうちゃんは、とても優しいです。本人はきっと気付いていないと思うけれど、そうちゃんらしい言葉でいつも友達を励ましてあげて、私は……。私はそんなそうちゃんのことが……大好きです。お父さん、颯太君に沢山愛情を注ぎ、男手一つで育てて下さって、ありがとうございました。

合せた手をゆっくり離して立ち上がろうとした時、墓石の前に生えている雑草が目に入った。そしてそれを抜こうと手を伸ばした時……。

「……えっ？」

自分の目を疑った。きっと、暗いから見間違えたのだ。もう一度確認しようと、ジッと目を凝らし、墓石の下の方を見つめる。

有り得ない。そんなはずは……。

「あっ……！」

次の瞬間、体がのけ反り、地面に沈み込むように倒れた。

「……な……っ、なに……これ……」

唇が震え、叫びたいのに、声が出ない。呼吸が上手く出来ず、胸が苦しくなった。

全身から血の気が引いたように体はガタガタと震え、激しい動悸《どうき》が大波となって押し寄せてくる。私の視線の先には塚原浩介《こうすけ》の文字と、そしてその横には……。

『塚原颯太』

そして最後に、キャンプをしたあの日の日付が、刻み込まれていた……。

数分だったのか、数時間だったのか、どれくらいその場に座っていたのか全く分からない。なにも、考えられない……。

けれど、行かなければいけないと思った。行ってどうするのかは分からないし、意味があるのかも分からない。でも、行かなきゃ……。

まだ震える体を両手で押さえ付けながら、ふらふらと歩き出す。なにかの間違いだ。きっと、また私をからかっているんだ。そんな笑えない冗談、酷い。酷いよ……。

震える足をなんとか必死に動かしていると、冷たいなにかが途切れることなく頬を伝う。赤い鳥居をくぐると、見上げた先は真っ暗で、なにも見えない。ここを上ってしまったら、あの暗闇のように私の心も黒く染まってしまうかもしれない。この心に、二度と色が付かなくなるかもしれない。それでも、上らなければいけない気がした。ずっと心に感じていた寂しさの答えを知るために……。

何度も何度もつまずき、石段に手を突きながら、それでも上った。呼吸が乱れ、どんなに苦しくても、息を切らしながらも必死に上った。そして最後の一段を上り切り、胸に手を当てながらゆっくりと顔を上げる。

濃い闇の中に、ぼんやりと浮かぶ神社の姿。高いところに上って来たはずなのに、私だけが暗い穴の中に閉じ込められてしまったような感覚に陥る。

ここであの日、キャンプをしたんだ。高校最後の思い出に……。みんなで将来を語り合って、私は……。

ふと視線を横にずらした。暗闇で見えないけれど、そこにはさらに上へと続く階段がある。まだ震えている足を引きずりながら、その場所へと向かった。頂上まで続く階段を、私はそうちゃんと上ったんだ。繋がれた手にドキドキしながら。嬉しかった。本当に、嬉しかった……。

あの日のことを思い出しながら石段に片足をのせた時、背後から風の音とも、葉の騒めきとも違う音が聞こえてきた。心臓がドキドキと激しく脈を打つ中、音のする方へと振り返る。当然暗闇が邪魔をして、なにも見えない。

けれど私は、声を出した。願いを込めて。どうか、悪戯だったと笑って下さい。冗談だよって、いつもの笑顔を見せて……。

「――……ちゃん、……そうちゃん！」

次第に見えてくるその姿に、ぼろぼろと涙が零れ落ちる。私の姿を見つけた二人の目からも、涙が溢れているように見えた。

「……あっ、わ、私……遥……どうして……」

言葉が上手く出ない私の体を、遥が強く抱き締めた。痛いくらい、強く。

「ごめん……あかり、……っ……ごめん。私達……あかりに……」

遥も同じように、上手く声が出ない。止まることのない涙と、震える体、お互いの乱れた呼吸が伝わると、抱き合っている私達の体を、真人がそっと包み込んだ。

「ごめんな……あかり。俺が悪いんだ。俺が、嘘をつこうって遥に言ったから。だから、俺が悪いんだ……」

そして私の耳に、遥の小さな声が届いた。震えながらも、私に届けようと、懸命に声を絞り出している。

「あかり、私、もう二度と、あかりにあんな思いをさせたくなかった。あかりに辛い思いをさせるくらいなら、嘘をついた方がいいって思ったの。でも……でも、やっぱり無理だよ。だって、大切だから。あかりと同じくらい、颯太のことも大切だから」

徐々に強くなっていく胸の痛み。聞きたくないと、咄嗟にそう思った。けれど……。

「あかり、颯太は……颯太は、死んだんだよ……」

空っぽになった頭の中に、あの日の出来事が甦る。手を繋いで階段を上り、目に映った月と、満天の星空。そして、私達は……。

空一面に広がる星の光は、どんな技術を駆使しても決して作り出すことの出来ない鮮やかさを放っている。

『そうちゃん……私ね……』

星空を見上げていると、胸の中にある想いを全てさらけ出したい気持ちになった。

『私、そうちゃんのことが少し羨《うらや》ましかったの』

『俺が？』

斜めうしろにいるそうちゃんが今どんな顔をしているのかは分からない。顔を見てしまったら臆病になってしまうかもしれないけれど、星を見ながらだったらきっと全部言える。

『私ね、友達とお喋りをするのも遊ぶのも大好きな子供だったでしょ？　でも、本当に言いたいことがあってもなかなか言葉に出すことが出来なかったの。肝心なことが言えないっていうか。だからいつも自分の気持ちを物語に託してた』

そうちゃんに友達を知ってもらおうとした時も、遥と真人にも、大切なことを伝えたい時も、その手段は、ほとんどが小説だったと思う。

『でもそうちゃんはさ、いつでもちゃんと自分の言葉で言いたいことを言って、言葉遣いは決して優しくなかったのに、言葉の中に含まれているものはとても優しかった』

子供の頃は、そうちゃんの言葉を理解するのは少し難しかったけれど、中学、高校と成長するにつれて、ぶっきらぼうな言葉に含まれる優しさにみんなが気付くようになっていった。

『言い過ぎだろ。そんなことねぇよ。別に深く考えてるわけじゃないし』

『深く考えてないからこそ、それがそうちゃんの持つ本来の優しさなんだよ。私がしつこくつきまとって小説を見せなくても、そうちゃんはきっと森美町のみんなと仲良くなれたのかもね』

『それは違う！』

そうちゃんは夜空に響くほどの声を上げ、そこで初めて私は星空から視線を外して振り返った。

『違うよ。俺にも、肝心なことを言葉に出来ない時だってある』

月明かりに照らされたそうちゃんはなんだかとても大人びていて、その顔はとても綺麗で、そうちゃんを見ているだけで好きという気持ちが胸いっぱいに溢れ出し、今にも泣いてしまいそうになる。

『俺、いつか必ずやろうと思ってたことがあるんだ。えっと……ちょっと待ってて』

私が首を傾げると、そうちゃんはジャージのポケットをなにやら探っている。

そんなそうちゃんに背を向け、私はもう一度空を見上げた。私の小説を読んで微笑んだ時のそうちゃんの顔は、今でも忘れられないんだ。日を追うごとにそうちゃんの笑顔を見られる回数が一回二回と増えていって、そのたびに私は嬉しかった。面白い冗談も気の利いた言葉も言えないし、自分がなにかをしたわけではないけれど、寂しさを乗り越えて日々幸せそうに笑うそうちゃんを見ていられるのが、なにより嬉しかったんだ。

だから本当は、森美町を離れるのが怖い。遥や真人の声もそうちゃんの笑顔も、この星空も、今までのように見られなくなるのだと思うと、怖いんだ……。最後にそうちゃんに好きだと伝えて、この綺麗な星を掴んで渡せたら、どんな風に笑ってくれるだろうか。

星を掴めたら……。私はその場から少し前に出て左手を手すりに添え、反対の手を空に向かって伸ばした……次の瞬間。

寄りかかっていた手すりがガクンと前に倒れ、恐怖を感じる間もなく、預けていた私の体が暗闇に向かって傾く。

『……っ！　あかり!!』

大好きな人の声が聞こえるのと同時に、私の意識はあっという間に途絶えた……。

ガクガクと体を震わせ、膝から崩れ落ちる。頂上のあの狭いスペースの下は、崖になっていた。私はあそこから……。

「思い、出したの……？」

地面についている私の手に遥の手が重なると、ぼろぼろと涙が零れ落ちる。

「あ……私、あの時……そうちゃんが……っ」

私が……そうちゃんを……殺した……──。

「う……っ、あ……私が……私が!!」

嗚咽《おえつ》する声を漏らし、言葉にならない叫び声を上げると、遥に体を強く抱き締められる。

嘘だ、どうしてそうちゃんが……。なんで私はここにいて、そうちゃんはいないの？　私があの時、手すりに手をかけなければ。星を掴めたらなんて、バカげた妄想をしなければ。そうちゃんは、私を助けてくれたのに。好きだと伝えるはずだった。もっともっと伝えたいことがあったのに。どうして、どうして私だけが！

悲しい記憶が甦り、遥の腕の中で、泣き叫び続けた。吐き出しても吐き出しても、悲しみが湧いてくる。

「あかり！　あかり！」

「しっかりしろ、あかり！　誰のせいでもない、あれは事故だった」

遥は私の手を握り、何度も何度も名前を呼んだ。真人は私の背中を擦りながら、「あかりのせいじゃない」と何度も伝えてくれた。それでも、自分のせいで大切な人を失ったという悲しみが溢れてくる。大好きな人を、私が……。

「だから、だから私達は嘘をついたんだよ……」

私を抱き締めたまま、遥はゆっくりと少しずつ、懸命に声を絞り出し、私に伝えた。

あの日、なにがあったのかを……。

なかなか帰って来ない私達を心配して上まで上って来た二人がそこで見たのは、誰もいない頂上と、壊れた手すりだった。すぐに悟朗さんを呼び、消防に連絡をした。大勢の人が集まる中、崖の下をライトで照らすと、五メートルくらい下に私達が倒れていた。

　隣接する市にある大きな病院に運ばれ、数時間後に目を覚ました私に待ち受けていたのは、悲しい真実。運ばれた時には既に、そうちゃんは亡くなっていた……。

　それを知った私は自分を責め、パニックになり、再び気を失った。

「私達は真実を知ったあかりが泣き叫んで、それで意識を失ってしまったところを全部見ていたから。次にあかりが目を覚ました時、また自分を責めてしまうんじゃないかって思ったの。そしたら……私達はあかりまで失ってしまうような気がした……だからっ」

　遥の悲しい声が途切れると、真人が口を開いた。

「今日あかりに会って、あかりが嬉しそうに颯太の名前を出した時、気付いたんだ。あかりは事故のことを忘れてるって。だから、俺達は嘘をついた。颯太の話をしてしまったら、またあの日のことを思い出してしまう気がしたから。そしてまた、あかりは自分を責めてしまうと思ったから」

「もう二度と、あかりの絶望に満ちた悲しい顔は、見たくなかったの……。大好きだから。颯太もあかりも、大好きなの……」

「遥……真人……」

ゆっくりと顔を上げると、二人は涙に濡れた顔を歪ませて、私を見つめている。

「でも、やっぱり嘘はつけないって思った。俺達が言わなくても、いずれあかりは思い出すかもしれない。それなら全部をあかりに話して、三人で悲しみを乗り越えようって決めたんだ」

「だから一人になりたいと言ったあかりは必ずここに来ると思って、私達は待ってたの。あかりを支えるため、一緒に乗り越えるために」

私のために、二人にまで辛い思いをさせてしまった。私のせいで……。

「自分を責めてるのは、あかりだけじゃない！」

そう言って真人は俯いた。その肩は、少し震えている。

「頂上へ続く階段は立ち入り禁止なのに、テントの中で本を読んでいるふりをしながら、二人が上って行ったのを見ていたのに。俺は止めなかった。もしも俺が止めてればって……」

「私は、私だって！　あかりの背中を押した。気持ちを伝えた方がいいって思ったから。でも、もし私があんなこと言わなければとか、颯太と交代しなければとか、後悔ばかりが頭を過るの」

「悟朗伯父さんもそうだった。崖の下に倒れている二人を見つけた時の悟朗さんは、今まで見たことのない悲痛な表情を浮かべてたよ。そして言ったんだ。俺がもっとしっかりあの階段を封鎖してればって」

止まることのない涙の向こう、霞《かす》む視界の中で、二人は真っ直ぐ私を見ていた。

悲しいのは、悔しいのは、後悔しているのは、私だけじゃなかった。それぞれ痛みを抱えながら、生きてきた半年間。私は、全てを忘れていた。

二人を前にして、こんなこと絶対に思ってはいけないと分かっている。分かっているけれど……思い出さないままのほうが良かったと、そう思ってしまう。きっと私は、もう二度と前には進めないから。このまま森美町の暗闇に、溶けてしまいたい……。

十二歳の君と真実

その場に座り込んだまま動けない私に、二人はずっと寄り添ってくれていた。二人も辛いに決まっている。悲しいに決まっている。本当は声を出して泣きたいのに、私がいつまでも泣いているから二人は我慢をしているのかもしれない。でも、動けないんだ。まるで自分の体ではないみたいに、どこにも力が入らない。目は開いているけれど、どこを見ているのか自分でも分からない。私を囲むこの暗闇のように、心が黒く覆われていく。

昨日見たあの笑顔は、全部夢だったのかな……。このまま目を瞑って朝を迎えたら、あの日に戻ってはくれないだろうか。願いを叶えてくれるのなら、何度でも祈り続けるから。最後にキャンプをしたあの日に、戻りたい……。

ゆっくりと瞼を閉じようとした時、真人の手が私の肩にのせられた。そして私は、薄っすらと見える真人の姿に視線を向ける。

「なぁ……学校、行かないか？」

「学校？」

私の代わりに遥が返事をすると、真人が言葉を続けた。

「約束とは違うけど、今開けるべきだと思うんだ」

空っぽになった私には、真人がなにを言っているのか理解するのに少し時間がかかった。

「開けるって、タイムカプセル……？」

けれど遥のその言葉で、私はハッと顔を上げる。

小学校の卒業式の後、私達はそれぞれ自分に当てた手紙を書き、学校の校庭に埋めた。『二十歳になったら森美町に集まって開けよう』、そう約束をして。

タイムカプセルを作ろうと真人が言った時、大人になったみんなの姿を想像して胸がいっぱいになったのを覚えている。

卒業式の日に答辞を読んだ真人の姿に、目を潤ませていたそうちゃん。それを見て、私は我慢していた涙が零れてしまった。桜の木の下で四人で写真を撮ったことも、小学校を卒業したって中学は一緒なのに、式の後で遥と二人で大号泣したことも、卒業式の日のことは今でもハッキリと覚えている。もちろん、タイムカプセルを埋めたことも。

あのタイムカプセルに入れた手紙、そうちゃんは……なにを書いたんだろう。見たいって言ったら、そうちゃんは怒るかな。『恥ずかしいから見るなよ』って言ってい るそうちゃんを想像して、私は僅かに笑みを浮かべた。

「あかり……大丈夫？」

そんな私を見て、遥は少しホッとしたように顔を覗き込んだ。

「……うん。ごめんね」

本当は大丈夫とは言えない。全然大丈夫ではないけれど、ずっとこの場所に留まってこれ以上二人に迷惑はかけられないから。

「じゃー、行こう」

私の両手を真人と遥が握り、足元を確認しながらゆっくりと階段を下りた。まだ足が震えている。二人がいなかったら、私はきっとこの長い階段を転がり落ちていたに違いない。むしろ、そうなっても良かったのにと思ってしまう。

今日三度目の小学校には、当然もうどこの窓にも灯りはついていなかった。門はどちらも閉まっているから、正門を上って中に入ることにした。

植物が植えてある花壇の縁にのり、出っ張っている門の鍵の部分に足をかけて反対側に下りる。遥と真人は簡単に越えられたけれど、私は元々運動神経があまり良くない上に、今は体が言うことを利かなくて少し手こずってしまったけれど、二人の手を借りてなんとか門の内側に入ることが出来た。

目の前に広がる校庭をぐるっと見回し、私達は右側にある固定遊具の方へと向かった。

「確か、登り棒だったよね」

「あぁ、そうだな」

遥と真人は記憶を辿りながら、登り棒のうしろにある桜の木を見上げる。そうだった。どこに埋めようか悩んだ末、校庭の周りに並んでいる桜の木の中で登り棒のうしろに立っている木が一際大きかったから、その近くに埋めたんだ。

急だったから、シャベルなどの道具はなにもない。私達は近くに落ちている枝で、出来るだけ丈夫そうなものを使って土を掘った。途中から真人は素手で掘り始めて、それを見た私と遥も手で土を懸命に掘った。冷たい土に指が次第に痺《しび》れてくるけれど、痛みは感じない。

本当にここで合っているのか不安になり始めた時、真人が「あっ」と声を上げた。暗闇のせいで黒っぽく見える土から、ほんの僅かに違う色が見えてきた。私が右手でそれを触ると、ひんやりと冷たい感覚が伝わってくる。

「あったな」

真人がそう言ってさらに勢いよく土をどかすと、そこから現れたのは、銀色の長方形の缶だった。缶の上にマジックで書いたタイムカプセルという文字は、所々薄れている。真人が缶を膝の上に置き、蓋《ふた》の部分に巻き付いているテープを剥がし始めると、不安なのか期待なのか分からない緊張が体中を駆け巡る。緊張しているのか、真人の手は少しぎこちなくなかなかテープが剥がせずにいて、遥も固唾《かたず》をのんで缶を凝視している。

こんな風に開けるはずではなかったタイムカプセル。本来なら、二十歳の成人式が終った後、楽しく笑いながら四人で開けるはずだった。中の手紙をみんなで交換しながら読んで、その顔は笑顔に満ち溢れていたはずだったのに。今の私達は涙に濡れた顔を強張らせていて、一言も発せずに無心に土を掘り、中身を見たところで笑顔にはなれないだろう。なにもかもが私の想像していた未来と違うけれど、一番違うのは、今ここに三人しかいないという事実。

祈るようにして真人の手元を見つめていると、テープが全て剥がされた蓋がパカッと音を立てて開いた。私も遥も、少し前のめりになって缶の中を確認する。

中に入っている封筒を上から順に真人が取り出す。最初は遥、次に私、そして自分の封筒をお腹の近くにのせた真人は、最後の一通を取り出した。

「これが、颯太のだ」

茶封筒というのが、飾らないそうちゃんらしいと思った。真人に封筒を差し出され私がそれを受け取ると、『颯太』と書かれた文字が目に映る。それだけで、涙が溢れて来た。

「そうちゃんの……字だ……」

小学校六年生のそうちゃんが自分自身に宛てた手紙。私はその封筒を、両手で包み込むようにして抱き締める。

「とりあえず、一旦うちに来ない？　落ち着いて開けた方がいいと思うから」

「そうだな。明るい場所で、ちゃんと読もう」

私は軽く頷き、自分のとそうちゃんの封筒を持って立ち上がった。

学校を出た私達は、遥の家を目指す。小学校からは五分とかからない距離だ。無言で歩く遥と真人の心には、それぞれ色んな感情が入り混じっているに違いない。

そういう私も、乱れた感情を整理出来ずにいた。そうちゃんが書いた手紙を読んで、なにかが変わるのだろうか。きっと、なにも変わらないと思う。これを書いたそうちゃんに会いたくなって、悲しくなって、私はこれからもずっとそうちゃんの思い出と共に生きて行くことになるのだろう。立ち止まったまま……。

しばらく歩くと、遥の実家が見えてきたけれど、その手前には自分の実家がある。私が帰ることは伝えていないし、この時間だからあたり前だけれど、家の灯りは消えている。

そう言えば、しばらく両親とも会っていなかったな。心配しているかもしれない。今日はもう遅いから、明日になったら一度家に帰ろう……。

「あかり、一回家に寄る？」

「ううん、連絡もしてないし。もう遅いから明日にする」

「そっか。うちも多分みんな寝てると思うから」

二世帯住宅の真ん中にある大きなドアに手をかけ、鍵を開けた。静かにドアを開くと廊下の小さな灯りだけが点いていて、家の中は静まり返っていた。なるべく音を立てないようにと慎重にドアを閉めて二階へ上がると、左側にリビングと遥の両親の部屋があり、右側に遥の部屋がある。

「どうぞ、入って。なにも無い部屋だけど今日帰ることは伝えてあるから、一応綺麗だと思う」

遥の部屋だった場所には、当時のままベッドだけは残されていた。あとは部屋の隅に重ねられた座布団と押入れだけで、他にはなにもない。

部屋の真ん中に三人で座り、それぞれ持っている手紙を前に置いた。

「じゃーまず、それぞれ自分達のを読もう」

真人がそう言い、私達三人は自分で書いた自分宛ての封筒を開け、読み始めた。

当時自分がなにを書いたのか、ほとんど覚えていない。多分将来の夢とか、そういうありきたりなことだったと思う。

＊

二十歳の私へ。

成人おめでとう。タイムカプセルを埋めると決めた時、本当は小説を書こうと思ったけど、時間がないのでふつうに手紙を書きます。

私は今、なにをしていますか？

まだ森美町にいるのか、それとも知らない場所にいるのか分からないけど、夢に向かってがんばってくれていたらいいなと思います。

私の夢は、四年生の時に決まりました。小説家になることです。その夢は、きっと変わっていないよね？　だってそうちゃんのそばにいたら、もっともっと小説を書きたくなってるはずだから。私が初めて小説を見せたのがそうちゃんで、そうちゃんが笑ってくれたから、もっとたくさんの人に笑ってもらえるような小説を書きたいって思ったんだ。

いい物語が書けているといいな。もうすでに本とか出しちゃってたら、今の私から二十歳の私へ『がんばったね』っていう言葉を送りたい。

みんなとは、楽しく過ごしていますか？　今みたいにあきるほど毎日会っているわけではないかもしれないけど、きっとそれでもしょっちゅう会ってるよね。

あと、これは……この手紙をみんなで開けているだろうから、絶対に他の三人には見せないでほしいんだけど。

私、そうちゃんが好きなんだ。

二十歳の私はどうなんだろう？　まだそうちゃんが好きなのかな。それとも他に好きな人が出来た？　もしまだそうちゃんのことが好きなら、ちゃんと気持ちは伝えた？

今の私はまだ子供だから、告白とか絶対無理だけど。大人なんだから言えるよね？

ダメだよ、ちゃんと言わなきゃ……。

＊

そこまで読んだ私は手紙をたたみ、封筒の中に入れた。

最後まで、読めなかった。だって、十二歳の私が書いた手紙は、キラキラし過ぎていたから……。なにもかもが綺麗で、素敵な未来を想像している。

この手紙を見るはずだった二十歳よりまだ二年も前なのに、十二歳の私にごめんねって、謝りたい。なにもかも出来なくて、ごめんね。小説は書けなくなってしまって、みんなとも会えずにいた。それに、そうちゃんには……好きって一度も言えていない。好きって言えないまま……会えなくなっちゃったんだ。

ごめんね、キラキラしているあなたが、まだ見ぬ未来に希望を持って書いたのに。

ごめんね、好きな人に、好きって言いたかったのに。

私はもう、あなたがいる楽しかった時間に戻ることも、そうちゃんのいない悲しい未来に進むことも出来ない。ごめんね、こんな私で。あなたの好きな人を、自分のせいで失ってしまったこんな私を、どうか許して下さい。

「あかり……」

「大丈夫か？」

こんな私に優しく声をかけてくれる二人を、私はまともに見ることが出来ない。自分に対する深い失望と悲しみに、押し潰されそうになる。

「颯太の手紙、読めるか？」

俯いたまま私が静かに首を横に振ると、そうちゃんの手紙を手に持ち深く息を吐く真人の声が聞こえてきた。

「俺が、読むから……」

唇を噛み締め視線を下げたままの私の耳に、真人の声が届く。

「オレへ……」

＊

オレへ。

二十歳になった自分に向けてなんて、なにを書けばいいのか分からない。ありきたりなところで言うと、今なにをしているのか、まだ森美町にいるのかとかそんなことを聞いてみたいけど、今のオレがすぐに答えを聞けるわけじゃないし、別にそれは聞かなくてもいい。

じゃーどうするかってことだけど……。今のオレが思う〝やりたいこと〟を書こうと思う。そしてここに書いたことが実現されたかどうか、二十歳のオレに聞くとしよう。

ちなみに、多分なにを書いたか忘れているだろうから、みんなに見せる前に自分で確認した方がいいぞ！ってことだけは二十歳のオレに忠告しておく。じゃないと、とんでもなくはずかしいことになるかもしれないからな！

さて、やりたいことだけど。書く前からこんなこと言うのもなんだけど、多分無理だろうな。かんじんなところでおく病だってこと、自分で分かってるから。だから今のオレじゃー無理だけど、期待をこめて書くことにする。段々成長していく中で、ただのガキだったオレが大人の男になって、これをちゃんと実行してくれていますように。

一、手をつなぐ（できればあかりと）。
二、あかりと映画を見に行く。
三、デートでクレープを食べる。
四、スカイツリーにあかりと上る（これ、絶対やりたい！）。
五、あかりと海に行く。（海がダメならそれっぽい所。川とか）……。

＊

手紙を読み上げる真人の声に、そうちゃんの声が重なって聞こえてきた。心地良い風のように流れてきて、俯いていたはずの私はいつの間にか顔を上げている。手を握り締めたまま必死に声を殺し、散々流したはずの涙がぼろぼろと零れ落ちて行く。

「六……」

そして少しだけ間を空けて、真人は言った。

「あかりに……告白する……」

私は堪らず両手で顔を覆い、身を震わせて泣きじゃくった。息も出来ないほど、苦しいくらいに。

「あかり……」

遥に肩を抱かれた私の心が悲しみで痛むのと同時に、昨日の光景が鮮明に甦る。

「……私……私ね……、昨日、そうちゃんが……っ」

やっぱり、夢なんかじゃないんだ。だって、今もずっと残ってる。あなたの手の温もりも、大きな背中も、笑顔も、その声も……ちゃんと、残ってる。私は確かにそうちゃんと、一緒にいた。夢なんかじゃない。

突然私の前に現れたそうちゃんが、驚いている私の手を自然と握った。見たいと言っていた映画を見たけれど、私はずっと繋がれていた手にドキドキが止まらなくて、内容はあまり覚えていない。歩きながら食べるクレープは最高に美味しくて、まるで初めて食べたみたいに感激していた。未来の建物だって思っていたスカイツリーは想像以上に大きくて、二人で空の上に浮かんでいるみたいだった。海はやっぱり無理だったけど、第二プランを発動して、二人で大きな川を見た。土手に並んで座って、私はそうちゃんへの想いを巡らせた。そして、弱音も吐いた……。

昨日の出来事は、そうちゃんが行きたい場所を回ったわけじゃない。十二歳のそうちゃんがタイムカプセルに閉じ込めた〝やりたかったこと〟。それを、順番に叶えていってたんだ……。

それをするために、私の前に現れてくれたの……？　だったら、もう一度私に会いに来てよ……。

「あかり、まだ七番目がある」

　ハッと顔を上げ、真人に視線を向けた。

「七、あかりが出した小説を一番にオレが読んで、サインを書いてもらう……」

　私はまた、声を殺して泣いた。もう何度拭っても、涙はとめどなく溢れてくる。

　お願い、会いに来て。そうちゃんのやりたいこと、まだ全部出来てないよ。私にも、まだ言いたいことがあるから……。お願いだから、昨日みたいに私の名前を呼んでほしい。そうちゃんが言う前に、私が言うから。好きですって、伝えたいから……。

　真人が手紙を渡してくれて、私はそれを何度も何度も読んだ。昨日見た笑顔を思い浮かべながら、繰り返し読み続けた。


　静寂に包まれた部屋で、どれだけの時間を過ごしたのか分からない。徐々に落ち着きを取り戻していった私は手紙を握り締めたまま、目の前にいる二人に視線を向けた。

　二人共目を真っ赤に腫らし、ただジッと私を見つめている。私と同じ悲しみを抱えているのに、二人は私を黙って見守ってくれていた。

「……ごめんね。遥、真人、ごめんね」

「なんで謝るんだよ！　謝ったりするなよ。俺達はただ……」

「私も真人も、もの凄く辛くて悲しい。でも、あの日一緒にいたあかりはもっともっと辛いはずだから、私達はあかりの笑顔を取り戻したいの。すぐには無理かもしれないけど、三人で一緒に……」

「ありがとう……ごめん……」

二人の気持ちは痛いほど伝わっている。私が前を向かなければ、いつまでも二人に悲しい思いをさせてしまうということも。

「私達は颯太の代わりにはなれない、なれないけど……。あかりを大切に思う気持ちは颯太と同じだよ！」

私も、そうちゃんのことが大好きだったように、遥のことも真人のことも大好きなんだ。

でも、だからこそ、二人に迷惑をかけたくない。負担にさせたくない。黙ったままなにも言えずにいると、立ち上がった遥が押入れからなにかを取り出した。

「これ、見て」

遥に渡されたのは、一冊のアルバムだった。

そうちゃんと初めて写真を撮ったのは、四年生の運動会の時。紅白帽に体育着を着てピースをしている私達の横で、カメラから視線を逸らして横を向いているそうちゃん。でも、ほんの少しだけ恥ずかしそうに口元に笑みを浮かべてる。五年生、六年生と年を重ねるごとに笑顔が増えていくのが、写真を見ているだけでよく分かった。中学高校でも、行事毎に撮った写真には、四人の笑顔が溢れている。私達だけじゃなくて、悟朗さんも、うめ婆さんまで写っている写真もあった。

「あかり、どれもすごくいい笑顔をしてるんだ」

私の横で一緒に写真を見ている遥がそう呟いた。

本当に、楽しそうに笑っている。毎日が楽しかった頃、悲しい出来事が自分に起こるなんて、微塵《みじん》も思っていない。大切な人を亡くす未来なんて、考えたこともなかった。

「時間がかかってもいい。私も真人も、そしてあかりも……泣いてばかりいたらダメだと思うんだ。颯太のためにも」

「そうちゃんの……ため？」

「うん。だって、誰よりも悲しくて悔しくて辛いのは、私達の誰でもない。颯太なんだよ。まだまだやりたいこともあって、これから色んな夢を見られたのに、それが全部無くなっちゃって。大切な人を悲しませているのに、颯太が平気でいられるわけないから」

遥の言う通りだと思う。一番辛いのは、きっとそうちゃんだ。そうちゃんは、こんな私を見て悲しんでいるんだろうか。

もう一度アルバムに視線を向けページを捲ると、一枚の写真が挟んであった。アルバムを横に置き、それを手に取る。

そこに写っていたのは、高校の制服を着た遥と真人だった。私とそうちゃんは写っていない。それに、どれも笑っている写真ばかりだったのに、この写真の中の二人はとても悲しげな目をしていた。

「これは……」

すると真人が横から覗き込み、私の手の中にある写真を確認した。

「それは、卒業式に撮ったんだ」

「卒業式？」

真人はなにかを思い出すかのように一瞬だけ目を伏せた後、私を見つめた。

「本当は、出るつもりなんてなかった。出られる精神状態でもなかったし。でも、親とか悟朗さんに説得された。お前たちが二人の代わりに卒業式に出てやれって。お前たちの手で、二人の卒業証書を受け取るんだって」

「二人の……代わりに……？」

「だから俺と遥は卒業式に出て、写真を撮った。あかりが目を覚ました時に、ちゃんと卒業証書を受け取ったことを報告するために」

真人の言葉を聞きながら、疑問符が徐々に頭の中に湧き上がってくるのを感じた。よく分からないけれど、なにかがおかしいと私の心に訴えかけてくる。

「私が……目を覚ましたら？」

「そうだよ。本当は、毎日あかりに会いに行きたかった、側にいて話しかけていたかった。毎日電話してあかりの状態を聞きたかったけど、それをしてしまったらあかりの両親に迷惑をかけてしまうから。だから私達は毎日毎日祈りながら待ってたの」

とても真っ直ぐで曇りのない遥の瞳を見ていると、心臓の鼓動が徐々に激しくなっていくのを感じた。私の頭の中のなにかが欠けている気がした。大切ななにかを、忘れている気がした。

「ねぇ、遥……。私……いつ……目を覚ましたの……？」

「いつって、それは……」

言葉に詰まった遥を見て、胸の中にある正体不明の疑問が次第に姿を現してくる。

「……なぁ、あかり、お前……森美町には、どうやって来たんだ？」

突然の真人の言葉で、ようやく全てが繋がった気がした。

昨日、そうちゃんに会った公園。私はどうしてあそこに座っていたのか。どこからあの公園に来たのか。大学は？　毎日帰るはずの家は？　そして私は今日、どうやって森美町まで来たのか……。

私が勢いよく立ち上がると、戸惑いの表情で見上げる二人。

「ごめん……わ、私……行かなきゃ……」

震える声を絞り出し、そのまま遥の家を飛び出した。

◇◇◇

「あかり！」

後を追おうとした私の腕を、真人が掴んだ。

「行かなきゃ、あかりが！」

「落ち着け遥！」

焦る私とは正反対に、真人は座ったまま私の腕をグイッと引っ張った。

「離して！　あかりを一人には出来ないよ！」

病院で颯太が亡くなったことを聞いたあかりの姿が、今も頭から離れない。『私が殺した』と何度も叫びながら、過呼吸のように息を乱して大粒の涙を流し、自分を責めていた。そして私達の手をはね除《の》けてベッドから転がり落ちたあかりは、そのまま意識を失ったんだ。

ずっとずっと、あかりが目を覚ますのを待っていた。必ず目を覚ますと信じていた。

だから森美駅であかりを見つけた時、本当に嬉しかった。夢でも見ているのかと思ったけれど、あかりの声を聞いてあかりの体を抱き締めて、目の前にあかりがいることがとても嬉しかったんだ。

颯太を失った悲しみは決して消えないけれど、颯太はあかりを守ってくれた。あの日、あかりを抱き締めるようにして倒れていた颯太は、きっと必死にあかりを守ってくれたんだ。一瞬の出来事だったと思うけれど、それでも颯太が守ってくれたあかりを、絶対に失いたくない。今あかりを一人にしたら、颯太の所へ行ってしまうような気がするから……。

「お願い離して、あかりの側にいなきゃ……」

「いいから一回座って、俺の話を聞いてくれ」

「なんで？　どうしてそんなに冷静なの？　あかりが心配じゃないの？　今すぐあかりの所に行かせてよ！」

私はこんなにも動揺しているというのに、真人は顔色を変えずに真剣な眼差しで私を見ている。

「頼むから座ってくれ。俺だって、本当はどうしたらいいのか分からないんだ。頭の中がゴチャゴチャで、そんなことは有り得ないと言い聞かせてるのに、でも……」

真人がなにを言っているのか分からないけれど、真人のことだからちゃんと理由があるのだと思った。あかりの後を追う私を止めなければいけない理由が。

深呼吸をしてもう一度真人の隣に座ると、真人はあぐらをかいて少し前屈みになり、足の上にのせている両手を強く握っていた。そしてなにかを考えるかのように眉間にしわを寄せた後、キュッと目を瞑った。

「……真人？」

私の声に反応して目を開けた真人は、置いてあるアルバムに視線を落としたまま、口を開いた。

「さっき、あかりの側にいなきゃって遥は言ったけど、あかりは恐らく……ここにはいない」

「えっ……？　いないって、今ここにはいないけど、追って行けば……」

「そうじゃなくて、俺がいないって言ってるのは、森美町に……あかりは森美町にはいないんだ」

真人がなにを言っているのか分からないけれど、冗談を言っているわけではないことだけは分かる。

「森美町にいないって、だって、そんなに早く町を離れられるわけないし、ていうかこの時間に電車が走ってるわけ……」

「そういうことじゃないんだ！　遥が俺の話を信じてくれるかは分からないけど、多分間違いない。自分でも信じられないけど、あかりはまだ……目を覚ましていない」

「……え？」

すぐには理解出来なかった。瞬きも忘れて互いに見つめ合う時間は、思ったよりも長かったと思う。

「目を覚ましてないって、なに言ってんの？　だって、だってあかりは」

口が上手く回らなくて、いつもみたいにハッキリした言葉が出て来ない。

「俺も、そんなはずないって思ったよ。でも最初から変だったんだ。俺たちが森美駅であかりに会ったこと自体、有り得ないんだよ」

「どういうこと？　もっと分かるように説明してよ！」

次第に苛《いら》立ちが募りつい声を荒らげてしまった私は、すぐに「ごめん」と真人に謝った。

「いや、いいんだ。ごめん、ちゃんと説明するから」

並んで座っていた私達は、お互いの顔が向き合うようにして座り直す。颯太が亡くなった日も、一度は目を覚ましたあかりが再び昏睡《こんすい》状態に陥った時も、こんな風に真剣に真人と向かい合った。あの時は二人共泣いていて、あまり話にならなかった。とにかく、あかりが目を覚ますことをひたすら祈ろうと何度も言い合った。

「俺達はあかりに会えたことの喜びと、颯太の死を忘れてしまっていたあかりに本当のことを話すべきか、そればかりに気を取られていた。だから、最初に疑問に思わなきゃいけないことに気付かなかった。さっきあかり自身が言ってたろ？　〝いつ目を覚ましたのか〃って」

私は頷き、続く真人の言葉に真剣に耳を傾ける。

「俺達は、あかりが〃いつ〃目を覚ましたのかを、知らない。生まれた時からずっと一緒であの日も一緒にいて、俺達がどれだけあかりを大切に思っているかはあかりの両親もよく知ってる。だから、あかりが目を覚ましたら必ず連絡が来るはずなんだ」

あかりの両親は、私達に言った。『娘は必ず目を覚ますから、その時はあなた達に一番に知らせる。だから、信じて待ってて』と。将来のために私も真人も東京の学校へ進学することが決まっていたから、そんな私達のためにそう言ってくれたんだと思う。だから、私達は待った。あかりの両親から連絡が来るのを、それぞれ東京で新しい生活を送りながら、毎日祈っていた。

そして今日、颯太が亡くなってちょうど半年だからと私と真人は颯太のお墓参りに帰り、明日はあかりが入院している病院に行く予定だった。

「待ってて言ってくれたのに、連絡して来ないなんておかしいだろ？　遥があかりを見つけた時泣きながら駆け寄って行ったことにあかりは少し驚いている様子だった。でもむしろ、あの遥のリアクションの方が当然なんだ」

真人の言っていることは正しいと思った。お互いの両親もとても仲が良く、私達のこともあかりの両親は良く知っている。だから、私と真人がどれだけ悲しみ苦しんでいるのかも知っていて、それなのにあかりがいつの間にか目を覚ましていて、普通に歩けるくらい回復しているなんて……おかしい。

でも、でもそうだとしても、だったらさっきまで私達と一緒にいたあかりは？

私が顔を上げると、真人は張り詰めたような顔で言った。

「うめ婆さんのところへ行った時に飴を二つしかくれなかったのは、あかりが一度手に取った物を戻したことに怒ったからとか、そういうことじゃない。うめ婆さんには……あかりが見えていなかったからだ。だから、二つしか飴をくれなかった」

ハッと声を上げ、両手で口を押さえた。胸の中が苦しくて、涙が零れてくる。

颯太のことを忘れていたのは、あかりの悲しみが深過ぎたから。これからは、私達があかりを支えていきたい。どれだけ時間がかかっても構わないから、颯太が亡くなった悲しみを一緒に乗り越えていきたいと思った。

でも、あかりはまだ、目を覚ましていない。私達にだけ見えていたあかりが事故のことを思い出したということは、今も眠っているあかりはこのまま……。

「行かなきゃ……」

「遥……」

「あかりを探さなきゃ」

私が立ち上がるのと同時に真人も立ち上がったけれど、再び私の腕を強く掴んだ。

「なんで？　真人が言ったんじゃん！　あかりはまだ目を覚ましていないのに、このまま放っておいたら颯太の所に行っちゃうよ！」

「違うだろ！」

顔を強張らせ、唇を震わせながら私に真っ直ぐ視線を向ける。

「さっき遥が自分で言ったんじゃないか、大切な人を悲しませているのに、颯太が平気でいられるわけないって。今のあかりを見て、絶対に颯太は苦しんでいるはずだ。俺達の誰よりも、辛いに決まってる」

「颯太が……」

「だから、万が一あかりが颯太の所に行きたいと思っていたとして、それを颯太が受け入れると思うか？　颯太はあかりのことが大好きだった。小学四年生の時から、あかりがしつこく颯太に話しかけていた時から、ずっと颯太はあかりが好きだったんだ」

拭っても拭っても、涙が頬を伝う。一緒に過ごしてきた颯太の姿が、一瞬にして甦った。颯太が……颯太なら……。

「遥、分かるよな？」

あかりが立ち止まったり悩んだりした時は、どこにいたって駆け付ける。キャンプをした日、私はあかりにそう言ったんだ。だから……。

冷静になった私は、ふーっと息を吐き、気持ちを落ち着かせた。

「うん。私達が行くべき場所に、行こう」

止まってしまったあかりの時間を進めることが出来るのは、私達じゃない。けれど、私達にも出来ることはある。あかりが目を覚ました時、抱き締めてあげられるのは、生きている私達だけだから。

「じゃー、俺は悟朗さんに連絡するから、遥はタクシー呼んでくれ」

「分かった」

涙に震えていたのが嘘みたいに、背筋を伸ばし、私達はきびきびと動き出した。あかりが入院している市内の大きな病院までは、タクシーで一時間。その間に、きっと颯太があかりを救ってくれる。颯太ならあかりを、みんなが愛したあかりの笑顔と優しさを、取り戻してくれる……。

「行くぞ、遥」

「うん！」

優しい光

森美神社の階段を上っている時、一度も息を切らさなかった。疲れを感じない。神社の上へ行く階段は以前よりも頑丈にガードされていて、立ち入り禁止の文字も以前よりもずっと大きかった。私はそこを簡単に越えて、暗闇を作っている木々のトンネルにも動じず、上へと突き進んだ。

一人で辿り着いた頂上も、前と様子が違っていた。壊れてしまった手すりは、新たに作り直されている。あんなことがあったのだから頂上に来ようと思う人はいないだろうけれど、万が一のことを考えてなのか、手すりと言うよりも木のバリケードのようなものに囲われていた。膝を抱えてその場に座ると、伸びたままの雑草が私の腕をくすぐり、黒髪が風に揺れる。

月は半年前のこの時間よりも高い場所にあって、星の位置や星座の種類も多分違う。それでも、眩《まばゆ》いほどの輝きは少しも衰えていない。とても綺麗で、眺めていたら吸い込まれてしまいそうだ。と言うか、吸い込んでくれないだろうか。このまま私をあの星の中へ、連れて行ってほしい。

側にいるのがあたり前だった。高校を卒業してなかなか会えなくなったとしても、会おうと思えばきっといつでも会える。いなくなることなんて、考えるはずがない。だから、あなたが消えてしまったら、もう会えないと分かってしまったら、私の時間は止まってしまう。

別れの言葉も言えず、本当に突然いなくなるなんて誰が思う？　誰がそんな想像をする？

どうしたらいいのかなんて分からないけれど、それでも生きていれば時間は過ぎてしまうのだから、勝手に前に進んで行くんだろうか。私には、そうは思えない。

たとえば道を歩いているとして、足の速いあなたに追いつこうとランドセルを背負って必死に走った頃を思い出す。

桜の木があれば、あなたと一緒に迎えた入学式や卒業式を思い出す。

雨が降れば、あなたの青い傘に照れながら一緒に入った日のことを思い出す。

夏の暑い日差しを浴びれば、夏祭りで狙ったスーパーボールがなかなか取れなくて、負けず嫌いのあなたが真剣に何度もチャレンジしていた顔を思い出す。

赤くなった葉っぱを見たら、森美神社で焼き芋を焼いて怒られたことを思い出す。

雪が降れば、私の顔だと言って作ってくれた小さな雪だるまのことを思い出す。

また春が来ると、辛い気持ちを抱えながら教壇の前に立ち、眉間にしわを寄せて俯いているあなたの顔を、思い出す。

そして、小説を書こうとすればきっと……初めて私の小説を読んだ時にあなたが見せてくれた笑顔を、思い出してしまう。

その度に、私はきっと泣くだろう。どこにいてもなにをしていても、あなたとの思い出に繋がってしまうから。あなたがいないことが信じられなくて、もう会えないという現実を、受け止められなくて。

あなたが好きそうな映画が始まっても、教えてあげられない。一緒に見ようねって言えない。話したいことがあっても、聞いてもらうことも出来ない。辛いとき、悩んだ時、相談することも出来ない。きっと空から私を見てくれていると誰かに言われたとしても、私にはあなたが見えないから。見ているだけなんてそんなの、顔を見て話が出来ないと意味が無いんだ。あなたの顔を見て好きだと伝えたいのに。一度だけじゃなくて、何度も何度も言いたい。大好きだって言いたい。

それも全てもう出来ないのだとしたら、私の時間は止まったままでいい。前になんて進みたくない。あなたのいない未来になんて、行きたくない。

ゆっくりと立ち上がると、胸の辺りまである頑丈な手すりに両手を置き、夜空を見上げたまま瞼を閉じた。目を閉じていても、満天の星空が浮かんでくる。

「そうちゃん……」

静かに呟き唇を噛み締めると、涙がほろりと零れ落ちた。

「私も、連れて行って……」

なんて言っても、そうちゃんは怒るよね。分かってる。バカなこと言うなって怒るに決まっているけれど、私の我儘《わがまま》を聞いてほしい。私の記憶が間違っていなければ、私は一度もそうちゃんに我が儘を言ったことはないよね？　だからせめて一度だけ、最初で最後の我が儘を、聞いてもらいたい。

「お願い、私を置いて行かないで、一人にしないで。お願い、私を連れて行って……」

スーッと息を吸い込み、目を開いた。

「バカなこと言うな」

ドクンと心臓が大きく揺れ、鼓動が速まる。

やっぱり私は、あなたのことが好きなんだ。あなたの声を聞くだけで、胸がドキドキする。ずっと聞いていたい。離れたくない。

手すりから手を離し振り返ると、大好きな人が、私を見ていた。昨日会って一日私を連れ回したはずなのに、その顔がやけに懐かしい。

「なんで、来たの？」

「バーカ、それはこっちの台詞だ」

変わらない口調で私に向けられる笑顔。私も思わず、笑顔になった。泣いているのに笑っているなんて、変だよね。でも、今のままならやっぱり会えるんだって確信した。だから私は……。

「ねぇ、そうちゃん。私……まだ眠ってるんだよね？」

視線の先にいるそうちゃんは、黙って頷いた。

やっぱりそうだったんだ。昨日目を開けた時、私は公園にいた。だけど、今思えばどうやってそこに行ったのか分からないし、あの公園がどこなのかも知らない。ただ、周りの景色や空気で、そこが東京なんだって分かった。

だから私は、森美町を離れて東京で一人暮らしをしていると思い込んだ。みんなと連絡を取らなかったのも、忙しいからだと勝手に解釈をしていた。

だから、半年振りに会いに来たそうちゃんを見てただ嬉しくて、なんの疑問も抱かなかった。連絡をくれなかったことに怒ったりもして。それ以前の問題だったのに。

そうちゃんは亡くなっていて、私は今も、眠り続けたまま。それならこのまま、私が目を覚まさなければ、ずっと夢の中でそうちゃんと……。

「なーあかり、こっち来て」

俯いている私にそう言って、そうちゃんはその場に座った。隣に座ると、二人の腕がほんの僅かに触れ合う。

「あかり、昨日ありがとな」

「そうちゃんのやりたいことが叶って良かった」

昨日そうちゃんが行きたいと言って回った場所は、十二歳のそうちゃんがタイムカプセルに乗せた願いだった。

「自分で書いたやりたいことを叶えるために、会いに来てくれたの？」

「あぁ、それもあるけど……」

そうちゃんはふと視線を上げたけれど、私はその横顔を黙って眺めた。逸らしてしまうのが、勿体《もったい》ないと感じたから。

「あかり、俺に言ったじゃん？　〝さみしい気持ちになった時はおこるんじゃなくて、泣けばいいんだよ。さみしい気持ちがなくなるまで、私がずっとおしゃべりしててあげるから〟って」

正確には言ったのではなくて私が書いた小説を通して伝えたのだけれど、私の心の中にあった言葉だということは間違いない。

「簡単な言葉なのにさ、なんつーか、グサッと刺さったんだよね」

そうちゃんは、自分の胸に手を当てながら言った。

「本当はすげー悲しかったのに、俺が泣いたら祖母ちゃんが心配するとか余計悲しくなるとか思ったから、だから泣かないように我慢してた。眉間にしわ寄せて、怖い顔して、懸命に我慢してたんだ。でも、あかりの泣けばいいって言葉を聞いて、硬くなってた心が急に溶けてさ。」

だって、本当にそう思ったから。泣きたいのに泣けないなんてとても苦しいことだし、それに当時そうちゃんはまだ四年生だったのだから、余計に感情を押し殺すなんて酷だと思った。同じ年の私だからこそ、自分がそうちゃんの立場だったらどうしてほしいか考えたんだ。周りに心配かけまいと我慢をするより、誰かの胸に飛び込んで、思いきり泣きたい。誰かに支えてほしい。側にいてほしい。そう思ったから。

「いつまでも泣いてたら、亡くなった父ちゃんも悲しむだろうって無理してたけど、あかりがあの言葉をくれたから、俺は無理することをやめたんだ。そしたら、すげー楽になった。三人に親のことを話した時も、俺泣いてたじゃん？」

なぜ引っ越してきたのか、どうして両親がいないのかを私達に聞かせてくれた時、そうちゃんは涙をボロボロ零していた。あんなにいつも強張った顔で感情を表に出さなかったのに、声を出して泣きながら話してくれたんだ。

「泣くなんてかっこ悪いけどさ、なんか溜まってたもんが全部涙と一緒に流れたような気がした」

凛《りん》としているそうちゃんの横顔を見ていると、やっぱり全部夢だったんじゃないかと思ってしまう。だってこんなにも近くにいて、触れ合う腕の感触も伝わってくるのに、もう死んでしまっているなんてとても信じられない。

「ありがとな。あかり。何度言っても足りないくらいだ」

「私はなにも……。昨日も言ったけどさ、そうちゃんが寂しさを乗り越えたのは、そうちゃん自身の強さがあったからだよ」

だって私は、そうちゃんみたいに強くはなれないから。

神様は乗り越えられる試練しか与えないと言うけれど、あれは嘘だ。どうやったら乗り越えたことになるのかは分からないけれど、少なくとも私は、これからもずっとそうちゃんを想って泣いてしまう。そうちゃんがいない悲しみを背負い続ける。忘れることなんて、決してない。

「俺が昨日あかりの前に現れたのは、タイムカプセルのこともあったけどそれだけじゃないんだ。あかりに、思い出してほしかったから。伝えたかったから」

そうちゃんの横顔を見つめ続けていると、夜空に向かっていた視線が私の方へと移った。目が合うと、星が反射しているみたいに、その大きな瞳が輝いて見えた。

「あかりはさ、特別美人ってわけでもないし勉強も普通だし、運動神経もハッキリ言ってあんまり良くない。どこにでもいる、本当に普通の女の子だった」

「なにそれ、今更そんなこと言うの？　酷いなー」

クスッと微笑んでいると、そうちゃんは雑草の上に置いた私の手をそっと握った。

「でもな、あかりには一つだけ、とても大きな力があるんだ」

「大きな力？」

「あぁ。あかりには、優しさがある。小さい優しさから大きい優しさまで、知らず知らずのうちに周りの人に優しさを届けていた」

そうちゃんの言葉は、私にはあまりピンと来なかった。特別なことをした覚えはないし、そんな風に言ってもらえるような人間じゃないから。

「あかりって名前が本当にピッタリで、いつも明るく笑ってて友達思いで、あかりがそこにいるだけで嫌な気持ちも忘れてしまうような、あたたかな太陽みたいな存在だった」

「そんなの……大袈裟だよ」

「大袈裟じゃないだろ？　現に、俺はお前の優しい言葉に救われた」

そんなわけないと私は笑っているのに、そうちゃんは曇りのない真面目な顔で懸命に私に伝えようとしてくれている。だから私は唇を結び、真剣な目を向けてくれているそうちゃんの言葉を、私も真剣に受け止めようと思った。

「俺だけじゃない。真人も遥も、あかりから沢山優しさをもらった。今日だって、二人は言ってただろ？　あかりの小説のこと。あかりは喋りが上手な方じゃないけど、その分大好きな小説を通して、優しさをくれたんだ」

「でも……私……」

「ちゃんと見てみろよ。みんなに沢山の優しさをあげてきたあかりの世界は、とても優しいんだ。あかりの世界は優しさに溢れている。みんな、あかりのことが大好きだから」

ぽろっと涙が零れると、そうちゃんがそれを指先で拭ってくれた。

「だからさ……その優しさを、一人でも多くの人に届けてほしい。あかりの物語を通してたった一人にでも、心に明かりをともしてあげられたら、それは凄いことなんだ」

「そうちゃん……」

「だから……前に進んでほしい。目を開けたら、そこにはあかりを想う優しさが沢山待ってるから」

その言葉に、胸が痛んだ。心が締め付けられ、苦しくて、悲しくて、顔を上げることが出来ない。

無理なんだよ。そうちゃんがいなければ、意味が無いんだ。だって、目を開けてしまったら、きっとそうちゃんはいなくなる。もう二度と、会えなくなる。

私が目を覚まさなかったら沢山の人を悲しませることになると分かっているのに、それでも構わないと思ってしまう自分は、とても酷い人間だ。誰を悲しませようと、そうちゃんに会えなくなるくらいなら、一緒に消えてしまいたい。その方が、きっと楽だから。

「私には、無理だよ……」

とても悲しそうに目を細めるそうちゃんから視線を逸らし空を見つめたけれど、そこにある星空も私には綺麗過ぎて、そのまま黙って俯いた。だって、そうちゃんが死んだのは、私のせいだから。私があの時手すりを触らなければ……。

「もし目を覚ましたとしても、私はこの先もずっと願ってしまうから。どうか、全てが夢でありますように、どうか、あの日に戻りますようにって。毎日毎日、きっと祈っちゃうんだ……」

決して叶わない悲しい願いを祈り続ける。そして朝を迎える度に、私はきっと叶わなかった願いに涙する。あの時こうしていればという後悔ばかりを抱いて、自分のせいで失った大切な人を想い続ける。そんな私がいたら、周りに迷惑をかけるだけだ……。

「これだけは分かってほしい。あの事故は、決してあかりのせいなんかじゃないからな。立ち入り禁止の場所に連れ出したのは、俺なんだから。俺のせいであかりをこんなにも苦しめているんだと思うと、俺だって……」

悔しそうに顔を歪めて涙を堪えているそうちゃんを見ていたら、遥の言葉を思い出した。誰よりも悲しくて悔しくて辛いのは、私達の誰でもない、颯太なんだよと。

「ごめん、そうちゃん。ごめんね。一番辛いのはそうちゃんなのに、私……」

「違うよ、あかりは悪くない。俺の命があの時終わってしまったのは、そういう運命だったんだ。だから俺は、その運命を受け止めるしかない。ただ……」

そうちゃんが私の手を強く握り、我慢していた涙がついに溢れた時、その心の痛みが真っ直ぐ私に伝わってきた。

「ただ、こんなにも悲しんでいるあかりを、俺は支えてあげられない。大切な人が泣いているのに、側にいてやれないことが悔しいんだ……」

「そうちゃん……」

「あかりに笑いかけてやることも、声を聞かせてやることも出来ない。なんにも出来ないけど、でも……これだけは信じてほしい。俺は、あかりの幸せを心から願ってる。思い出して泣いたっていい、忘れることが出来ないなら、それでもいい。だけどさ、泣きながらでいいから、少しずつ少しずつ……前に進もう。あかりが前に進めたら、きっといつか……必ずまた会えるから」

私は涙でぐちゃぐちゃになった顔を必死に拭い、そうちゃんを見つめた。

「また……会える……？」

「あぁ、絶対。俺はそう信じてる」

「そうちゃん、私……」

言葉に詰まった私の体を、そうちゃんの腕が優しく包み込んだ。痛んでいた心に、温かさが沁《し》みてくる。

「あかりが大人になって、あかりを大切にしてくれる優しい誰かと出会って、結婚して子供が出来て、あかりがお婆ちゃんになってさ、その人生に幕を下ろした時、きっとまた会える。そしたらさ、その時は俺の知らないあかりの幸せだった時間の話を、沢山聞かせてくれよ」

もしまた本当にそうちゃんに会えるのだとしたら、ほんの少し、本当に少しだけ、頑張れるような気がした。

前を向けるのかどうかは分からない、どれだけの時間をかけて進んで行くのかも分からない。でも、どれだけ時間がかかってもいいのなら、私は……歩いて行けるのかな。

「立ち止まってもいい、過去を振り返ったっていい。悲しい時には、あかりの周りにある沢山の優しさに支えてもらえばいい。祖母ちゃんが亡くなった時、あかりが俺に言ってくれたんじゃないか。『悲しい時は、私達が一緒にいるから』って。真人は不器用だからさ、あかりが眠り続けている間、どうやって支えてやったらいいのか毎日悩んでるんだ。遥は、本当は毎日東京からあかりの所へ行きたいと思っているのに、その気持ちを必死に抑えて学校に通ってる。悟朗さんは、毎日毎日あかりの病院に行ってるんだ。両親だってそうだ、あかりを想う気持ちが、あかりの周りにはいっぱい溢れてるから」

大好きなみんな。遥も真人も、お父さんもお母さんも悟朗さんも、私が目を覚ますのをずっと待っていてくれている。自分一人だけ楽になろうとしていたこと、みんなは許してくれるのかな……。散々心配かけたのに、これから何度も心配をかけるのに、それでも……。

「私……目を覚ましてもいいのかな……」

そうちゃんの腕の中で呟くと「あたり前だろ」って、耳元で囁くそうちゃんの声が聞こえた。

森美町の一番高い所から二人で寄り添い星空を見上げていると、時が止まっているような気持ちになる。このまま止まっていられたらと、まだそう思ってしまう。やっぱり私は、そうちゃんのように強くはなれない。なれないけれど……。

「そうちゃん……」

「ん？」

「そうちゃんは、寂しくない？」

私が目を覚ましてしまったとして、そうちゃんは……寂しくないんだろうか。みんなと一緒にいられなくて、笑い合えなくて、一人になってしまって、もしそうちゃんが寂しくて怖いというのなら、私は……。

「バカ言うな。俺は大丈夫だよ」

目尻を下げ、大きな口を横に開いて笑っているけれど、大丈夫なはずないよ。私も辛いし悲しいけれど、私には、泣いた時に抱き締めてくれる親も、一緒に泣いてくれる友達もいる。側にいてくれる。でもそうちゃんは……。

「言っただろ？　あかりが幸せになってくれたら、俺はそれだけでじゅうぶんだ」

「でも……」

「でもじゃねーよ。あかりに幸せになってほしい、あかりの優しさや温かさを沢山の人に届けてほしい。生きてほしい。俺が願うのはそれだけだ」

いつも通りの口調で、そうちゃんらしい言葉を私に伝えてくれた。少し照れたように笑うその顔が、私の目と心に焼き付く。

どちらからともなくゆっくりと立ち上がった私達は、手を繋ぎ、輝く満天の星を見つめた。まだ眠っている森美町が朝を迎えるのと同時に、私も一歩を踏み出さなければいけない。

「あかり……俺、そろそろ行くわ」

「……そうちゃん」

私はそうちゃんの方に体を向け、その目を真っ直ぐ見つめた。

「私……私ね、……そうちゃんのことが……大好きだよ」

あなたが私の小説を読んで微笑んでくれた日から、ずっと好きだった。子供の頃からずっと、ずっと。

「俺、本当はさ……言わないつもりだった」

前に出したお互いの手を握り、涙をいっぱい溜めた目を私に向けたそうちゃん。

「今更言ったって、前に進むあかりを悲しませるだけだと思ったから……。でも、でも……やっぱり言わせてほしい」

「……そうちゃん？」

「俺は、あかりが大好きだった。何度もめげずに俺に話しかけてきてくれて、俺に光を与えてくれたあかりのことが、大好きだった。ずっと前から、子供の頃から、あかりの書く物語が、あかりが……大好きだった……」

「……っ、私……そうちゃん！」

すると、そうちゃんの体がフワッと宙に浮き、繋いでいた手が離れた。色鮮やかに光る星に引き寄せられていくそうちゃんの体が、徐々に薄くなっていく。

本当に、お別れなんだね。もっと早く言いたかったのに、臆病でごめん。

でも、大切なことを伝える時間を私にくれて、ありがとう。

もう一度私に会いに来てくれて、ありがとう。

私の小説が好きだと言ってくれて、ありがとう。

好きだと言ってくれて、ありがとう。

私の幸せを願ってくれて、ありがとう。

「ありがとう、そうちゃん。大好き。これからもずっと、大好きだよ。絶対に、忘れないから……」

最後に満面の笑みを浮かべ、まるで星の中に溶け込むように消えていったそうちゃん。

私、行くからね。まだ怖いけど、でも、進んでみようと思う……。


『なー、この階段って何段あるんだ？』

『えっとね、千二百段だったと思うよ』

『へーすげぇな』

『長いよね、上の方まで見えないもん。あのさ……せっかくだから上ってみない？まだ行ったことないでしょ？　神社』

『やだよ、疲れるし……』

『上ろうよー。私、そうちゃんと一緒に上りたい』

『……しょうがねーな。言っとくけど、俺速いからな』

私の前を行く四年生のそうちゃんが、森美神社を目指して階段を上って行く。けれどそうちゃんは上るのが凄く速くて、目の前にあったはずの背中が徐々に小さくなっていった。

『待って、そうちゃん』

追い付きたいのに追い付けなくて、手を伸ばしても、どんどん離れていく。

行かないで、そうちゃん！　そうちゃん！

――まっ……て……。

冷やりとしたものがこめかみを伝い、重い瞼をゆっくりと開いた。目に入ったのは小さな灯りがぼんやりと映し出す無機質なコンクリート。

目を、覚ましてしまったんだ。そうちゃんのために決めたことなのに、やっぱり夢の中にいた方が良かったのかもしれないと思ってしまう。

左側は一面白いカーテンに覆われている。狭い空間は薬品のにおいに包まれていて、私を囲むのは色のない壁。

寂しいよ……。ごめん、そうちゃん。私やっぱり……。

「あかり……？」

右側から聞こえてきた声に首を動かそうと思ったけれど、上手く動かせなかった。

「あかり！」

駆け寄って来た声の主は、横になっている私の顔を見てぼろぼろと涙を零した。

「あかり！　あかり！」

「……あ……るか」

声が上手く出せない私を見て、遥は泣きじゃくっている。私の手を強く握りながら、今日一緒にいたはずなのにまるで何年も会っていなかったかのように大声を上げて泣いている。遥の横には、真人が立っていた。唇を噛み、瞳を潤ませながら。

そうちゃんのいない世界を生きて行くのは、凄く怖い。前に進むために頑張ってみると決めたのに、やっぱり寂しいし悲しい。これで本当に良かったのか、まだ迷いがある。でも、目の前にいる大切な友達が、泣いているんだ。目を開けた私を見て、泣いてる。「良かった」って何度も言いながら、遥は両手で私の手を包み込んでくれている。

「あかりが戻ってくれなかったら……私……」

「颯太が、あかりをここに戻してくれたんだろ?」

真人の言葉に、私は小さく頷いた。

そうちゃんが、私の幸せを願ってくれたから。そうちゃんが、私の夢を応援してくれたから。そうちゃんが……生きてほしいって……。

もしもまた目を閉じたいなんて言ったら、きっとそうちゃんは悲しむ。大好きなそうちゃんに、泣いてほしくないから。もっともっと楽しいことが待っていたはずのそうちゃんの人生を、私が責任をもって生きていかなきゃけない。

突然失ってしまった大好きな人を思うと悲しみに押し潰されてしまうこともあるかもしれないけれど、それでも生きなきゃいけない。だって私の周りには、私を思ってくれている人達がいるから。その人達と一緒に悲しみを乗り越えて行く道を、私は選んだ。

それで、いいんだよね？　もう二度とあなたの背中には追い付けないけれど、それでも前を向いて進んでいく努力をするから。

「あかり、お帰り。やっと会えたな。今を生きているあかりに……」

眼鏡の奥にある瞳に浮かんだ涙を拭い、そう言ってくれた真人。

「あかりが寂しくなった時、悲しくなった時、いつでも私達を呼んでいいから。寂しい気持ちがなくなるまで、一緒に泣こう。ずっと側にいるから」

沢山の思い出を一緒に作ってきた、私の大好きな友達。そうちゃんと遥と真人、四人でいられた時間は、私にとってなににも変えられない大切な宝物。過ごしてきた時間が、一緒にいたかけがえのない時間が、きっと私を強くしてくれる。

長く閉ざされたままの瞼を開き明日への一歩を踏み出した私を待っていたのは、沢山の優しさだった。すぐに駆け付けて来たお母さんは泣きながら私の手を握り、お父さんは涙をグッと堪えて私に微笑みかけてくれた。

そうちゃんの言う通りだった。私の周りには、私に向けられている優しさが沢山ある。もう二度と悲しい現実は見たくないと、暗闇の中に閉じこもっていたけれど、そこから私を連れ出してくれたのは大切な人達と、そうちゃんだった。

悲しい現実と向き合っていくのはとても辛いけれど、大切な人達と一緒にそれを乗り越えていけたらって、そう思う。

なにより、そうちゃんが願ってくれているから。私の幸せを、私が生きていくことを……。


その後、先生の診察を終えた私の周りには、両親と遥と真人が座っていた。面会時間はとっくに過ぎているけれど、少しの時間だけ先生は許可してくれた。半年眠っていた体は上手く動かせなくて、これから経過を見ながらリハビリをしていくらしい。

「あかり!!」

血相を変えて勢いよく入ってきた悟朗さんの声が病室に響くと、ベッドに横になっている私の目をジッと見つめ、こう言った。

「目……開けてくれたんだな」

ごめんね、悟朗さんにも沢山迷惑をかけて、辛い思いをさせてしまって。最後の思い出作りをしたいと言った私達の我が儘を、快く聞いてくれたのに。

「ごめ……さい……」

まだ上手く口が動かせなかったけれど、懸命にそれを伝えた。

「謝るなよ、謝らなくていい！　俺の方こそごめん、ごめんな。お前らにこんなに悲しい思いをさせてしまって、颯太を……」

口元を手で押さえながら、泣くことを必死に堪えている悟朗さん。

違うよ、悟朗さんのせいなんかじゃない。子供の頃からいつも私達に寄り添い相談にのってくれた悟朗さんは、森美町の子供達のリーダーで、大切な人なんだ。私の方こそ、そんな悟朗さんを苦しめてしまったことを謝りたい。ちゃんと声が出るようになったら、悟朗さんに謝って、そしてこれからも森美町の子供達を見守っていてほしいと伝えよう。

「あのな、あかり。これ、あかりが目を覚ましたら渡そうと思ってたんだ」

そう言って悟朗さんが私に差し出したのは、白い紙だった。

思うように手を動かせない私の代わりに、悟朗さんがその白い紙を広げて見せてくれた。

「あの日、颯太のジャージのポケットの中に、これが入っていたんだ」

一行目を読んだ瞬間、涙でなにも見えなくなる。

「私が代わりに読むから」

悟朗さんから紙を受け取った遥が、ベッドの横にある椅子に座った。枕元のすぐ横で、目を瞑って聞いている私の耳に、遥とそうちゃんの声が響いた。とても優しい声が……。

＊

あかりへ。

これをあかりが読んでるってことは、俺は渡しちゃったってことだよな。こうやってキャンプ当日の朝になっても、どうするか迷ってる。でも、恥を忍んで渡すことにした！

言っとくけど、笑うなよ。いや、笑ってもらった方がいいかな。

これまで俺達は、あかりの書いた色んな小説を読んできた。そして、その物語に救われた時もあった。だから、いつか必ずやろうと思ってたことがあるんだ。それをここ一週間、必死に考えて完成させた。

本が好きなあかりにしてみたら、たぶん文章とかめちゃくちゃかもしれないし、小説になってないかもしれない。それでも、とりあえず一生懸命書いた。

下手かもしんないけど、読んでほしい。俺もあかり風に、物語を通して感謝の気持ちを伝えるから。

＊　＊　＊

『光の妖精』


俺の世界は、真っ暗だった。

楽しそうに笑ってるヤツらも、緑の森も、空も、全部が嫌いだった。

黒い丸の中に一人で閉じこもってる方がいい。出てしまったら、悲しくなるから。泣いてしまうから。

でもそんな俺の世界に、勝手に入ってきたヤツがいる。

「どうして怒ってるの？　なにか嫌なことがあったの？」

俺のことなんて放っておいてくれればいいのに、みんなそうしてるのに、そいつだけは何故か勝手に入ってくる。

俺がいくらひどいことを言っても、いつも笑ってる変なヤツ。ムカつく。話しかけてほしくない。俺にかまうな。そう思ってるのに、黒い心のずっと奥の方で、あいつを待っている自分がいた。

そしてそいつの言葉を聞く度に、俺の世界が少しずつ色を変えていっているような気がした。

真っ黒だったのに。その方が楽だと思ったのに。

そいつがくれた言葉が小さな明かりとなって、暗闇にともる。

ずっと我慢していたのに、その明かりがとてもきれいだったから。すごくうれしかったから。俺は、泣いてしまった。

そしたら暗闇が無くなって、俺の世界の全部に、色が付いた。

大嫌いだったはずの森や空や、みんなが、好きになった。

あいつは、魔法が使えるのかもしれない。まるで、光の妖精みたいだ。

本人は気付いていないだろうけど、あいつが生み出す言葉は光り輝いている。俺にはそう見える。

だから、もしいつかあいつが悲しみで心を痛めた時には、教えてやろう。

お前がいるだけで、周りが明るく光ること。

もしいつか悩み苦しみ立ち止まってしまった時には、教えてやろう。

お前の世界は、優しさにあふれていると。

俺はいつでも、お前の幸せを願っているからと……。

エピローグ

町役場の事務所の奥に消えて行ったきり、悟朗さんはなかなか戻って来ない。狭い役場の中で事務手続きに訪れている人が二人、カウンターに座って職員とやり取りをしている。

二列に並べられているソファーは空いていたけれど、私は座らずに壁の掲示板を眺めていた。各種手続きについてのお知らせや森美町で行われる紅葉祭りのお知らせなどが貼られている中で、掲示板の真ん中に貼られている一枚のポスターに目をやった。

「それ、いいだろ？」

すると、ようやく出てきた悟朗さんの手には、紙袋が握られていた。

「はい。やっぱり、凄く綺麗ですね」

「だろ？　そうなんだよ、何度見ても綺麗なんだよなー」

まるで自分のことのように自慢げにそう言って、顔にくしゃっとしわを寄せて微笑んだ。

「でもこれ、どうしたんですか？」

「遥がな、送ってくれたんだ。一番目立つところに貼れって。町役場なら町の人にも他から来た人にも見てもらえると思ってな」

ポスターに写っているのは、新発売になった清涼飲料水を持って笑顔を見せている遥だ。

遥は美容系の専門学校に通いながら色んなオーディションにチャレンジし、専門学校を卒業後、モデル事務所に所属することになった。私はとても嬉しくて喜んだけれど、遥はまだ事務所に入っただけで夢が叶ったわけじゃないからと、その後もモデルになるための努力を続けていた。

そして初めてもらった仕事が、この清涼飲料水のイメージガールだった。ポスター撮影をしたりイベントなどにも出たりして、そして一週間前から始まったCMにも出演している。それでも『まだまだこれからだよ』と、この前電話で話した時に遥は言っていた。

ふわふわの髪の毛を綺麗にまとめて、大きな目をこちらに向けている遥は、やっぱりお姫様に見える。なんだか泣けてくるくらい、とても綺麗だ。

「そうだ、これ、持って行けよ。もっとなんかあれば良かったんだけどなー」

悟朗さんは持っていた紙袋を私に渡した。中には森美町限定のお菓子などが沢山入っている。

「こんなに沢山、ありがとうございます」

「いやいや、いいんだ。これから行くんだろ？」

「はい」

「気を付けてな」

役場を出ると、眩しい日差しに目を細める。

あれから三度目の九月を迎えた今日、私はやらなければならないことがあり、森美町に来ていた。やっぱり、いつまで経っても変わらない。森も空も、目に入る全てがあの頃と変わらないからか、いつ来てもタイムスリップしたような気持ちになれる。

目的の場所に向かっていると、ランドセルを背負った男の子が短い木の枝を持って私の横を走り過ぎ、その後を同じくランドセルを背負った女の子が「待ってー」と言いながら必死に追いかけて行く。振り返り、小さくなっていく二人のうしろ姿を微笑みながら見送った後、再び歩き出した。

真人はやりたいことが見つかって、現在大学院進学に向けて猛勉強をしている。将来は弁護士になりたいと言っていた。それぞれ別々の道に進み、忙しいからなかなか会えないけれど、二ヶ月に一度は三人で会って近況報告などをしている。二十一歳の私達は、まだ夢に向かって走っている。夢の途中だ。

森の木々を眺めながら歩いていると、神社の鳥居が見えてきた。赤い鳥居の前で立ち止まり、その先に続く長い階段を見上げる。私達は今、あの頃互いに吐き出した将来への不安と真剣に向き合っている。

まだまだこれからだけれど、それでもみんな夢に向かって一歩を踏み出している。

私の夢も、まだ始まったばかりだ……。

墓地に到着した私は、桶に水を入れて塚原家のお墓の前に立った。墓石を綺麗に拭きお花を供え、お線香に火を点ける。お墓の前にしゃがんだ私はバッグから文庫本を取り出した。

「これ、ちゃんと書いたよ」

一ページ目に書かれた著者のサインをお墓の方に向けた後、膝を地面に着け、両手でそれを持った。

そうちゃんとさよならをしてから、私は半年眠っていた体のリハビリに励んだ。病院にいる間も作品のアイデアを考えたり、メモを取ったりもした。

退院後は休学状態になっていた大学へ通うことになり、同時に和菓子屋でアルバイトも始め、空いた時間は小説を書くことに励んだ。とても忙しかったけれど、どんなに疲れていても小説を書くことだけは、毎日欠かさず続けた。

そして半年前、一年かけて書いた作品をコンテストに応募し、その作品が見事受賞をした。

一週間後、私の作品が本屋に並ぶことになる。今でも信じられないけれど、これで、十二歳のそうちゃんがやりたかったことの残り一つを、叶えてあげられる。

『七、あかりが出した小説を一番にオレが読んで、サインを書いてもらう』

「今から読むから、ちゃんと聞いてね」

大切な人達と過ごした日々を、こうして形に出来たこと、全てあなたが背中を押してくれたからだよ。あなたが前に進む勇気をくれたから……。

ページを捲り、軽く深呼吸をして、口を開いた。

「山の麓にある集落から山沿いに続く道を歩いていると……――」

ねぇそうちゃん、私はやっぱり今でも思い出してしまうんだ。ほんの僅かに光る星を見つけただけで、涙が出てきてしまう。あなたの顔を浮かべては涙を流したり、会いたいと思う時もある。

でも、それでも、少しずつ前に進んでいるよ。立ち止まったり、時には後戻りをしながらも、本当に少しずつ。あなたが守ってくれたこの命を大切に。私の夢を、あなたが私に託した夢を追いかけながら。

辛いことがあった時には、あなたが私のために書いてくれた『光の妖精』を読んで、いっぱい泣いて、そしてまた前を向く。またあなたに会えた時、幸せだったと笑って話せるように。そして、あなたが笑ってくれるように。

そうちゃん、大好きなそうちゃん。きっと大変だから、ずっと見守っててなんて言いません。だけど時々は、私のことを見て下さい。そうちゃんらしい言葉で、もっと頑張れよって背中を押して下さい。声は届かなくても、会えなくても、それだけでいいから。そうちゃんが見ていてくれると思うだけで、私は頑張れるから。頑張って、前に進むから。

いつかまた必ず、あなたに会えると信じて。

「――俺はいつでも、お前の幸せを願っているからと……」

読み終えた私はもう一度文庫本をお墓に向けた後、バッグの中へしまった。

これで終わりじゃないよ。一人でも多くの人に届けるために、私なりにもっともっと頑張るから。

眩しい太陽の光に照らされる森は今日も美しい緑をまとい、視界いっぱいに広がっている。私はゆっくりと顔を上げ、再び歩き始めた。

あとがき

『そして君に最後の願いを。』をお読み頂きありがとうございました。菊川あすかです。

大切な人が突然いなくなり、もう二度と会えなくなる。普段の生活の中で、そんな悲しいことはあまり考えないでしょう。想像すらしないかもしれない。それは、自分の身に起こるはずがない、あり得ないと無意識に思っているからなのかもしれません。けれど昨日までずっと傍にいたはずの人に、会おうと思えばいつでも会えると思っていた人に、なんの前触れもなく突然会えなくなってしまう。世の中にはそんな悲しい出来事を経験している人は沢山います。そして私も、その中の一人です。

普段通りに生活していて、明日になればまたなんの変哲もない日常が始まる。そう思っていたのに、あたり前の日常はもう二度と戻ってこない。側にいるのがあたり前で、いなくなるなんて考えたこともなかった。当時の私にとって、世界で一番大切な人でした。

そういう現実に直面した時、人間とは不思議なもので、やるべきことはきちんとやるんです。でも口や体は動くけれど、恐らく頭は動いていなかったんでしょう。だから悲しいはずなのに、何故か涙が出ませんでした。どこか他人事のように過ごしていたんだと思います。けれど、そうして慌ただしい日々が落ち着いた頃に一気に押し寄せてくるのが「悲しみ」です。

毎晩「これは悪い夢だ。明日になればきっと会える」本気でそう思って眠りにつきます。夢の中で会えた時は「なんだやっぱり生きてたじゃん」、そう思って嬉しくなるけれど、それが夢だと分かると再び同じ夢が見たいと願ってしまう。この作品の主人公であるあかりのように、前に進めなくなり現実を見たくないと思ってしまう。つまり、時間が止まってしまうんです。

時間は止まっているけれど時々ふと現実が頭を過り、後悔がどっと押し寄せてきます。「あの時ああしていれば」「もっと言いたいことがあったのに」。そうやって後悔しても、もう二度と時間は戻せないと分かるとまた現実逃避をしてしまう。

そんな状態からどうやって前に進んだのかということですが……、この作品の中にその全てを詰め込みました。

私には、一緒に泣いて一緒に笑ってくれた友達や家族が傍にいました。そしてなにより、もっともっと生きたかったであろう大切な人を悲しませたくなかった。この思いが一番強かったです。大袈裟ではなく、だからこそ私は生きてこられたんだと思います。

大切な人を突然失ってしまった方だけでなく、なにかに悩み苦しみ立ち止まり前に進めずにいる方、そういう方達の背中に優しくそっと手を添えてあげられたら。そんな思いから、この作品は生まれました。

主人公のあかりは、周りの人達からとても大切に思われています。それは、あかりが自然とみんなに優しさを与えてきたからなのでしょう。人を傷付ける槍のような言葉はいずれ自分に返ってくる。それと同様に、優しさはきっと優しさを生むのだと私は思います。

優しさを持って人と触れ合っていれば、きっと自分自身にもその優しさが返って来る。そう信じたいです。

これからも、あかりはそうちゃんを思い出して沢山泣くと思います。でも、いつかまたそうちゃんに会えた時に『幸せだったよ』と、あかりはそう言って笑うような気がします。そしてそうちゃんも、きっと笑ってくれる。私もいつか、『幸せだった』と笑って沢山の思い出話を大切な人に聞かせてあげたい。そのために、何事にも全力で後悔しないよう今を精一杯生きていこうと思います。

最後になりましたが、一作目に引き続き大変お世話になった担当の篠原様、今回も素晴らしいカバーイラストを描いて下さった鉛村様、スターツ出版の皆様、そして読者の皆様、この作品に関わって下さった全ての方に心から感謝致します。

これからも小説という形で、自分なりの言葉を一人でも多くの方に伝えていけたらいいなと思っています。本当にありがとうございました。

二〇一七年九月　　菊川あすか

この物語はフィクションです。実在の人物、団体等とは一切関係がありません。

菊川あすか先生へのファンレターのあて先
〒104-0031　東京都中央区京橋1-3-1　八重洲口大栄ビル7F
スターツ出版(株) 書籍編集部 気付
菊川あすか先生

そして君に最後の願いを。

2017年9月28日　初版第1刷発行

著　者　　菊川あすか　

発行人　　松島滋
デザイン　西村弘美
DTP　　株式会社エストール
編　集　　篠原康子
　　　　　堀家由紀子
発行所　　スターツ出版株式会社
　　　　　〒104-0031
　　　　　東京都中央区京橋1-3-1　八重洲口大栄ビル7F
　　　　　TEL　販売部　03-6202-0386（ご注文等に関するお問い合わせ）
　　　　　URL　http://starts-pub.jp/
印刷所　　大日本印刷株式会社

Printed in Japan

ISBN　978-4-8137-0328-0　C0193

スターツ出版文庫　好評発売中!!

『太陽に捧ぐラストボール　上』　高橋《たかはし》あこ・著

人を見て“眩しい”と思ったのは、翠に会った時が初めてだった——。高校野球部のエースをめざす響也は太陽みたいな翠に、恋をする。「補欠！　あたしを甲子園に連れていけ！」底抜けに元気な彼女には、悩みなんて1つもないように見えた。ところがある日、翠が突然倒れ、脳の病を患っていたと知る。翠はその眩しい笑顔の裏に弱さを隠していたのだった。響也は翠のために必ずエースになって甲子園へ連れていくと誓うが…。一途な想いが心に響く感動作。

ISBN978-4-8137-0277-1 ／ 定価：本体600円＋税

『太陽に捧ぐラストボール　下』　高橋《たかはし》あこ・著

エースになり甲子園をめざす響也を翠は病と闘いながらも、懸命に応援し続けた。練習で会えない日々もふたりの夢のためなら耐えられた。しかし甲子園行きをかけた試合の前日、突然、翠の容態が急変する。「あたし、補欠の彼女でよかった。生きててよかった…」そう言う翠のそばにずっといたいと、響也は試合出場をあきらめようとするのだったが——。互いを想い合う強い気持ちと、野球部の絆、ひと夏にかける一瞬の命の輝きが胸を打つ、大号泣の完結編！

ISBN978-4-8137-0278-8 ／ 定価：本体560円＋税

『世界のまんなかで笑うキミへ』　相沢《あいざわ》ちせ・著

高2の美術部員・理央は、絵画コンクールで賞を逃して以来、スランプに陥っていた。ある日、学年の人気者・颯の存在を知り、二人は絵を通して距離を縮める。颯がもうすぐ転校することを知った理央は、彼がここにいたことを残すため、彼のいる風景を描いていくが、一向に抜けないスランプと、颯といることで度々抱く違和感に悩む。そんな折、ふと、颯と数年前に会っていた記憶が甦って——。颯の本当の姿とは…。秘密が明らかになるラストは感涙必至！

ISBN978-4-8137-0261-0 ／ 定価：本体560円＋税

『三月の雪は、きみの嘘』　いぬじゅん・著

自分の気持ちを伝えるのが苦手な文香は嘘をついて本当の自分をごまかしてばかりいた。するとクラスメイトの拓海に「嘘ばっかりついて疲れない？」と、なぜか嘘を見破られてしまう。口数が少なく不思議な雰囲気を纏う拓海に文香はどこか見覚えがあった。彼と接するうち、自分が嘘をつく原因が過去のある記憶に関係していると知る。しかし、それを思い出すことは拓海との別れを意味していた…。ラスト、拓海が仕掛けた“優しい嘘”に涙が込み上げる—。

ISBN978-4-8137-0263-4 ／ 定価：本体600円＋税

書店店頭にご希望の本がない場合は、書店にてご注文いただけます。